Heike Fedderke wurde 1947 in Wischhafen geboren. Die plattdeutsche Sprache war ihr immer vertraut, obwohl sie selbst zunächst nur hochdeutsch sprach. Seit 1985 schreibt und erzählt Heike Fedderke plattdeutsche Geschichten, überwiegend aus dem eigenen Leben. Die ersten vier Bücher sind bereits ausverkauft. Ihr fünftes Buch »Flünken« erschien 2002 im Quickborn-Verlag. Die Autorin trägt ihre Texte zu unterschiedlichen Anlässen vor, ist berufstätig, engagiert sich in mehreren plattdeutschen Arbeitskreisen und ist Schriftführerin des Stader Fördervereins ›De Plattdüütschen‹. Beim NDR-Wettbewerb ›Vertell doch mal‹ kamen ihre Beiträge 2002 und 2003 in die Endauswahl der 25 besten Geschichten. Außerdem gewann sie im Jahre 2003 den vom Küstenschifffahrtsmuseum Wischhafen und dem Stader Tageblatt ausgeschriebenen Wettbewerb ›Maritime Geschichten‹. Heike Fedderke ist Kolumnistin beim Stader / Buxtehuder Tageblatt unter der Rubrik ›Op Platt vertellt‹ und veröffentlichte auch Texte in den Kieler Nachrichten.

Heike Fedderke

All mien Lengen

Geschichten, de dat Leben schrifft

Quickborn-Verlag

Die plattdeutsche Schreibweise
ist unverändert von der Autorin übernommen worden.

ISBN 3-87651-277-8

Umschlagabbildung: Iris Menges, Kronshagen
Gesamtherstellung: Clausen & Bosse GmbH, Leck
Der Umwelt zuliebe
auf chlorfrei gebleichtem Papier gedruckt
Printed in Germany

Inhalt

As een Fleger

Wat du di vörnohmen harrst för dit Johr,
nu ward 't bilütten Tiet!
De Kalenner ward dünner Dag för Dag.
Een Johr flüggt vörbi as sommerdags
een Fleger an 'n blauen Heben.
Trüch blifft de Kondensstriepen
för enen Ogenblick.

Wat du di vörnohmen harrst,
dankbor ween un fründlich,
Troost spennen un hölpen,
flietig dien Arbeit moken,
Freud schenken un Leev
un di dorbi uk sübbst nich vergeten,
is di dat glückt?
Büst du tofreden,
wenn dat Jahr rüm is
un sik ansluten deit
an dien Lebensjohren?

Müch dien Hart
allens annehmen könen in Freden
un losloten för de Ewigkeit.
Un wenn dor noch een Reken open is,
dat neegste Johr gifft di een ne'e Schangs.
Un mi uk.

Mien Porsche

Mien Porsche steiht in ’n Höhnerstall,
is vull von Stoff un Schiet,
hett keen Benzin mehr in sien Tank,
stammt ut ’n anner Tiet.

Mitünner löppt een ole Hehn
stolt över sien Verdeck,
kleit in ’n Dreck, kratzt an de Schiev,
flüggt weller weg vör Schreck.

Mien Porsche steiht in ’n Höhnerstall.
Wo kööm he dor blot rin?
Op sienen Lenker, krumm un scheef,
sitt still een fette Spinn.

Mitünner speelt de Müüs Versteck
in ’t Utpuffrohr vull Sott.
Un eenmol kööm wohrhaftig uk
een ole griese Rott.

Mien Porsche steiht in ’n Höhnerstall,
hett so vele Bulen.
Weet nich mehr, wat ik moken schall,
müch an ’n leevsten hulen.

Doch nützt dat ganze Wenen nix,
keen Jammern un keen Kloog.
Spei in de Hannen un fang an:
To doon gifft ’t doch genoog!

Ik joog de ganzen Höhner rut,
de Rötten, Müüs un Spinn,
mook mienen olen Porsche rein
un füll Benzin em in.

He kriggt rundüm veer ne'e Rööd
un uk een feine Klöör,
ward putzt un wienert öberall,
un ik bün de Chauffeur.

In Hamborg öber 'n Jumfernstieg
föhr ik mit em ganz krall.
Mien Porsche is een Smuckstück nu:
Nie weller Höhnerstall!

Dien Fründ un Hölper

De Kilometerteller stünn op null. Böker, Texten för den Vördrag un de ole Notenstänner legen in 'n Kufferruum. Wesselgeld harr ik mit, Visitenkorten, dat Handy un Egon, mien Maskottchen. De Fohrt kunn losgohn.
Klock halbig veer schull de plattdüütsche Nomiddag anfangen. Goot twee Stünnen harrn wi för de Fohrt rekent. Wenn nix dortwüschen komen dä, wöör ik in Bremen Tiet noog hebben, den Bökerdisch fein trechttomoken un denn mit Swung mien Geschichten op Platt to vertellen. Bit dorhin vertellen wi beiden uns wat. Dat Radio bleev ut. Dor snackt wi nich geern gegenan.
In Sittens kömen uns allerlei Autos in de Mööt, de von de Autobohn rünnerföhren. Woneem de woll all hin wullen? Wi wullen jedenfalls no Bremen un müssen in Sittens op de Autobohn rop.
Wiet sünd wi nich komen. Wi steken merrn in 'n Stau. Nich dat wi nu jüst harrn utstiegen kunnt, mit »stop and go« güng 't jümmer so eben un eben vöran. Wohrschienlich een Unfall. Wenn wi an de Unfallsteed vörbi wöörn, denn kunnen wi seker weller mit vull Speed wieterföhren. Dat dachen wi.
Opregen doot wi uns jo normol so licht nich. Veel Tiet harrn wi ober uk nich to verschenken. Un op 'n letzten Drücker wullt du jo nich ankomen. Ik

jedenfalls nich. Mien Gott! »Dat wi pünktlich dor sünd, kann ik di nich mehr verspreken«, sä mien Heinrich. Beten mulmig weer mi al tomoot. Harrn wi doch blot ehrder dat Radio anschalt. No 'n half Stünn weer de Bostell jümmer noch nich in Sicht un uns Gedüür amenn. Wi müssen rünner von de Autobohn un wieter op de Bundsstroot. Denn wöörn wi eben ut 'n annere Richt no Bremen rinkomen. Hauptsook, wi kömen nich to loot.
Wiet sünd wi nich komen, do stünnen wi al in den neegsten Stau. Nu güng nix mehr. Dat wi nich to rechte Tiet in Bremen ween kunnen, dat stünn nu fast. De Klock weer al glieks dree, un wi harrn noch 'n ganzen langen Enn vör uns.
»Roop doch mol an bi den Vereen«, meen mien Heinrich. »Dat seggst du so! Ik hebb keen Handy-Nummer von jem.« Bi den Vörsitter to Huus güng nüms an 't Telefon. De weern seker al ünnerwegens no den plattdüütschen Nomiddag mit Heike Fedderke.
Ik rööp bi de Telefon-Utkunft an un fröög no de Nummer von dat Versammlungshuus. Een Telefon harrn se dor, man as ik anrööp, weer man blot de Anroopbeantworter inschalt. Dat nütz jo nix. Doch! Villicht doch! Ik rööp noch eenmol an un snack op den Anroopbeantworter.
Bilütten harrn wi uk de Wut kriegen kunnt. Man ännert sik dor wat von? Anföhren – stoppen – anholen. So güng dat. Lopen dä eenzigst un alleen de Klock.
Halbig veer. Nu schull de plattdüütsche Nomid-

dag mit de Autorin ut Wischhoben anfangen. Nu, in dissen Momang. Wat de Lüüd woll dachen, dat wi nich kömen? Wat de woll von den Stau wat höört harrn in 't Radio?
»Ik roop mol bi de Polizei an. 110.« Mien Bregenkassen lööp mol weller op vulle Tuur. »Polizei Bremen!« – »Heike Fedderke. Ik schall jüst nu in dissen Ogenblick een Autorenlesung moken bi enen plattdüütschen Vereen in Bremen. Wi stoht vör Sottrum in 'n Stau un bruukt woll noch 'n dreeviddel Stünn, bit wi in Osterholt-Tenever ankomen doot. Köönt Se mi hölpen?« – »Jo«, sä de Polizeibeamte, »ik stell Se mol eben dör no Osterholt.« Wat sünd se doch fründlich bi de Polizei, wenn du nich sünnerlich wat utfreten hest. »Polizei Osterholt-Tenever!« Ik sä mienen Vers noch eenmol op. De Schandarm weer jüst so fründlich as sien Kolleeg. »De Vereen is hier glieks bi uns üm de Eck. Wenn een Wogen free is, seggt wi dor eben Bescheed.«
Un wat schall ik noch veel vertellen? Op de Polizei kannst du di verloten. Wi kömen een Stünn to loot, man de Lüüd töven op uns, freuen sik op den plattdüütschen Nomiddag un weern froh, dat wi heel ankomen weern.
»De Polizei, dien Fründ un Hölper.« Dat is wohr. Man wat se uk Bescheed geben harrn, wenn wi in 'n Stau steken un no Tant Tinchen ehren Kaffeeklatsch harrn komen schullt, dor kann ik mien Hand nich för in 't Füür leggen.

Oma, wo lang leevt ji noch?

De Duft von Zibbeln un Speck leeg in de Luft. In de Kööк brutzeln Brootkartuffeln in de Pann. Wi weern bi, den Disch to decken. Glieks schull dat Obendbroot geben. Obendbroot bi Oma un Opa. Luzie weer to Besöök.

Wat geev dat allens to vertellen un to bekieken un to verklookfiedeln. Den ganzen Dag weer de Lütt an 't Snötern un an 't Frogen: »Oma, wokeen is dat dor op dat Bild?« – »Opa, speelt wi noch mol ›Minsch arger di nich‹?« – »Oma, wannehr wüllt wi no den Hoff mit de velen Peer?«

»Morgen, Luzie, morgen Nomiddag föhrt wi no Doornbusch. Denn kannst du di de Peer ankieken. Roop mol Opa, wi wüllt Obendbroot eten.«

»Oma, wo lang leevt ji noch?«

Gott, nee, frogen kann de Deern ober uk. »Dat kann ik di nich seggen. Dat weet keeneen Minsch, wo lang he noch leevt un wannehr he dootblieben deit. Dat gifft Minschen, de warrt teemlich oolt, negentig oder sogor hunnert Johr. Welke starvt al in junge Johren. Man keen Minsch weet dat in 'n Vörut.« – Lecker, disse Brootkartuffeln bi Oma. Frogen kann de Deern! Wo lang leevt ji noch? Will doch höpen, dat wi noch een beten Tiet tosomen hebbt. Müch di noch so veel vertellen. Müch di Geschichten vörlesen. Müch di noch so veel wie-

sen. Müch noch beleben, dat du mien Geschichten lesen kannst. Müch dien Schooltiet verfolgen, wat du woll Spooß hest an de Kunst oder Mathematik, an de engelsch Sprook, oder warrst du Gefallen finnen an Plattdüütsch? Mien Wunschlist reet gor nich af. Ik müch di noch so veel mitgeben op dienen Lebensweg.
Leider Gotts geiht dat dor man nich no, wat wi uns wünschen doot. Wi köönt man blot de Stünnen, de wi tosomen verbringen doot, utfüllen mit Leev. Denn warrst du villicht mol, wenn wi dor nich mehr sünd, Opa un ik, geern an uns trüchdinken. Un wenn dat so is, denn kummt dat op Johr un Dag un Stünn, dor kummt dat denn gor nich mehr op an.
»Opa, Obendbroot!«

Nummer eenuntwintig

Woneem ik hin müss, wüss ik noch von vergangen Johr. Een Trepp rop, un denn weer dat dor enerwo. »Kann ik hölpen?«, fröög fründlich een junge Fro. »Jo«, sä ik. »Ik will no Ruum 2 un kann un kann dat nich finnen.« – »Dor mööt Se de Trepp weller rünner, links üm de Eck un denn is dat glieks de eerste Döör.« Fründlich sünd se jo man eenmol op 'n Finanzamt. Dat is wohr. Man dat ik von een Johr op 't annere doch al weller vergeten harr, woneem een de Stüür-Erklärung afgeben kann, wenn he noch wat frogen will, dat geev mi doch to dinken.

De Klock weer man jüst halbig negen, man in den Töövruum seten al so veel Lüüd as üm disse Tiet bi unsen Dokter sitten doot. Verbiestert keek ik mi üm. So weer dat letz Johr nich! An den Töövruum harr ik mi seker noch besinnen kunnt. Un ik wull doch blot eben gau …

»Sünd ji all vör mi an de Reeg?«, fröög ik verdaddert. Een Nummer schullst du di trecken un aftöben, bit du opropen wöörst. Wo weern de Nummern? Ik kenn mi dor gor nich mit ut. De Kasten hüng meist vör mien Nees. De Lüüd füngen al an to gniggern. Nummer eenuntwintig! Mien Gott, wo lang schull dat denn duurn? Ik wull doch noch in de Stadt un nich mienen schönen fre'en Vörmiddag hier op 'n Finanzamt rümsitten! »Vergangen Johr weer dat ober nich mit den Töövruum. Dor hebb ik op 'n Floor seten. Dat weet ik genau.« – »Doch!«, protesteren de Lüüd as ut enen Mund. »Disse Ruum weer hier vergangen Johr uk al. Sett di man dool. Dat duurt gor nich so lang. Dor sünd twee Lüüd an 't Beroden.«

Ik wüss gor nich, wat 't dor to grienen geev! Bi 'n Dokter weern al mol ölben Mann vör mi, man twintig? Harr ik doch blot den Breef mit de Post schickt. Wenn dor nich noch een poor Frogen ween weern. Bün ik nu blööd? Disse Töövruum, ik kunn mi dor nich op besinnen. Also rut hier, nix as rut!

»Kann ik hölpen?«, fröög fründlich de Pörtnerin. Ik sä: »Ik müch uns Stüür-Erklärung afgeben. Ik bün Nummer 21 in den Töövruum dor achtern. Is dat denn de Mööglichkeit?« Nee, also mit uns Stüür-Nummer müss ik de Treppen rop bit in 'n drütten Stock, Ruum Nummer sowieso, Herr Sowieso. »Herr Sowieso kummt ober jümmer eerst so bi Klock negen rüm.« Na goot, villicht kööm ik denn jo doch noch in de Stadt. »Un wat mook ik nu mit mien Nummer eenuntwintig?« – Papierkorf ...

In 'n drütten Stock geev dat kenen Töövruum, dor müsst du op 'n Floor sitten un töben. Wüss ik dat doch noch von vergangen Johr! Pünktlich op 'n Klockenslag füng de Finanzbeamte mit sien Arbeit an.

»Wenn ik noch mol eben frogen dröff, wo sik dat

hiermit verhöllt?«, wies ik op den enen Zeddel, wo ik mi doch to Huus meist den Kopp öber tweibroken harr. He tipp wat in sienen Computer rin, möök een Teken op uns Inkomenstüür-Erklärung rop, un allens güng sienen Gang. Bit op de een Froog. Dor kunn he mi keen Antwoort op geben. Dor müss ik op 'n Floor no links un denn ganz achtern rechts de Döör Nummer sowieso. Fro Meyer-Dingsbums, as Elke Heidenreich jümmer seggt. Goot. Fro Meyer-Dingsbums weer ober jüst nich op ehren Platz, as ik vörsichtig ankloppt harr un mien Anliggen vörbringen wull. Ik schull man 'n Ogenblick töben. Op 'n Floor sübbstverständlich. Sübbstverständlich! »Goden Morgen!« – »Goden Morgen!« – »Moin!« Fründlich sünd se op 'n Finanzamt, kannst nich anners seggen. Fro Meyer-Dingsbums blöder in uns Stüürakten rüm. Man leider Gotts: Afsetten kunnen wi dat nich.

Wat dor nu bi rutsuurn deit, wat wi wat nobetohlen schüllt oder wat wi wat wellerkriegen doot un dor fein von in Urlaub föhren köönt, dat warrt wi wies. Dat Porto för den ganzen Backsmusenkroom harrn wi op jeden Fall weller spoort. Un de Fohrtkösten sett ik von de Stüür af. Man dat bruukt dat Finanzamt nu jo jüst nich to weten kriegen.

Dat Handy

De Geschenkkarton düch mi veel to groot. Wat ik mi wünscht harr, weer veel lüttjer.
Wohrschienlich wöörn se mi doch weller annerswat schenken. Villicht weer jem dat to düür? Villicht weer jem dat nich no de Mütz? Amenn weer dat jüst utverköfft? Un nu kreeg ik eenfach wat anners, schullst sehn.
»Hier, för di!«, strohl uns Jung un pack mi den Karton op 'n Schoot. Wat harrn se dat lütt Handy ober uk groot verpackt!
Een Handy musst du hüüttodoogs jo hebben. Allerwo sühst du Minschen, de mit een Handy telefoneren doot. Allerwo müch ik jo gor nich telefoneren. Man wenn 'n ünnerwegens is mit 'n Auto, denn kunn 'n so 'n Handy doch mitünner bruken. De jungen Lüüd hebbt meist all een Handy. Worüm schull ik mi nich uk een wünschen? »Dit is de Schutzdeckel, den klappst du eenfach hooch«, sä uns Jung. »Un nu ward dat Handy anschalt. De Koort is dor al binnen, fiefuntwintig Euro hest du goot. Wenn du dat Telefon anschalten wullt, denn drückst du op dissen Knoop. Beten länger drücken! So, nu musst du dien PIN ingeben, de ›Persöönliche Identifikatschoons-Nummer‹. Dat is so as bi de Spoorkass de Geheemnummer. Dien Nummer is ****. De

musst du di eenfach marken. Ohn disse PIN funkschoneert dat Telefon nich!«
Mien Gott, dach ik, harr ik dat wüsst! Noch een Geheemnummer. As wenn ik dor nich al noog von in 'n Kopp hebben mutt! De Nummer von den Geldautomot, de weet ik meisttiets ganz goot. Man wenn ik ehr in 'n Sloop kennen do, denn geevt se mi een annere EC-Koort un uk een annere Geheemnummer. Ole Nummer löschen, ne'e Nummer marken: Mien Kopp is doch keen Computer! Dat Eenfachst is uns Kontonummer bi de Kass. De is siet söbenundörtig Johren desülbe.
Opschrieben schallst du de Geheemnummern nich, uk nich een PIN oder Kennwoort. De kunnen anners jo in verkehrte Hannen komen. Un nu hett dat oll Handy uk noch so een Geheemnummer, de ik mi marken mutt!
»Wenn du de PIN ingeben hest, drückst du op ›Okay‹, dat is hier. In de Mitt op den runnen Knoop drückst du, wenn du dat ›Telefonbook‹ opropen wullt. Een poor Nummern hebb ik dor för di al rinschreben. Op de linke Siet musst du drücken. Wenn du rechts drücken deist, kannst du een SMS schrieben. Een SMS verschickst du ...«
»Hollt stopp!«, sä ik. »In mienen Kopp geiht jüst in 'n Ogenblick nix mehr rin. Loot uns dat een anner Mol utproberen.
Intwüschen kann ik nu mit dat Handy telefoneren. Is gor nich so swoor! De Telefon-Nummer is teemlich lang, ölben Tohlen! Ober to 'n Glück sünd de nich geheem!

Urlaubsdiät

De Strandkorf stünn in de eerste Reeg. Vör uns leeg de Noordsee, de bi Westen Wind ielig Well för Well an de gröne Küst schicken dä, wo se sik an de künstliche Steenkant dootlööp. De helle Sünn wessel sik af mit witte Wulken un blauen Heben. Fohnen fladdern in 'n Wind. Een Meer von Strandkörf tööv op Urlaubsgäst in de wiede Bucht von Büsum.
»Hüüt Obend eet wi mol nix.« Mien Heinrich keek mi mit grote Ogen an. Mitünner kann he nich so goot hören.
»Hüüt Obend wüllt wi mol Diät moken!«, sä ik wat forscher. »Mien Büx, de knippt al bannig, un von dien wüllt wi man gor nich snacken.«
»Wat heet ›Diät‹?« Mien Heinrich swoon nix Godet.
»Hüüt Obend drinkt wi blot Woter. Un enen Appel kööont wi uns noch delen.«
»Un wat schall dat? Sünd wi nu de poor Doog in Urlaub oder nich?«
»In Urlaub woll, man dat mutt noch lang nich bedüden, dat wi uns Dag för Dag den Buuk vullhauen mööt.«
»Du kannst mi bilütten op 'n Wecker gohn mit dienen dusseligen Diätfimmel. Kiek di doch üm: Negenunsöbentig Perzent von de Mannslüüd hebbt mehr Punnen op 'n Lief as ik!«

»Un wat wullt du dormit seggen? Dor quääl ik mi doch gor nich üm, üm de annern Keerls. Wi beid, wi mööt op uns egen Punnen oppassen un wieter nix!«
»Du un oppassen! Dat ik nich lachen do! Du meenst doch gor nich ›wi‹, sünnern ›du‹! Mien Buuk is di to dick, un dorüm schall ik hüüt Obend statts ›Fischerpann‹ mit Dithmarscher Brootkartuffeln un Büsumer Krabben 'n Glas Minerolwoter drinken un 'n halben Appel eten. Dor hest du di ober sneden. Dor kannst jo wiet no kieken!«
Von so 'n Fröhstücksbuffet in Hotel »Windjammer« kannst lang von tehren: Appelsinensaft un Rundstücken, Vullkoornbroot un Joghurt, Kaffee un Müsli, Eier, Wust un Kees. Wi kunnen eten un drinken, so veel as wi wullen. Amenn weern wi jo so satt. Do geev 't in unsen Strandkorf üm de Middagstiet gor keen Diskuschoon, geev dat do nich. Satt un tofreden seten wi in de Boodbüx schöön komodig in 'n Sünnschien an de Noordsee. Satt un tofreden.
»Drink man mol 'n Sluck Minerolwoter. Ole Lüüd schüllt veel drinken. Un Woter hett keen Kalorien. Wullt 'n Sluck?«, güng ik Heinrich üm 'n Boort, dat he man jo nich so gau weller an 't Eten dinken dä.
»Wüllt wi hüüt Nomiddag 'n Ies eten oder uns 'n Stück Koken von 'n Bäcker holen?« De Noberslüüd von Strandkorf Nr. 1435 harrn doch wieter nix to doon, as neeschierig to kieken, luuthals to snacken un egolweg to eten. Von morgens bit

obends. Gresig, solke Lüüd! Köönt de nich mol 'n vernünftig Book lesen? Oder ganz eenfach op de Noordsee kieken un de Snuut holen?
»Ik will mi glieks von 'n Bäcker in de Allee-Stroot een Marzipaan-Rull holen. Dor gelüst mi al siet 'n poor Doog so no. Un du?« – »Mi kannst man mol twee Eerdbeertörtchen mit Vanilljepudding un Slackermaschüü mitbringen!«, sä de Dickmadamm to ehren Dickmops. »Dor hebb ik jo so 'n Jieper op.«
Mienen Heinrich lööp schients dat Woter in 'n Mund tosomen. »Dröff ik di to 'n Ies inloden?«, fröög he vörsichtig an un pack sienen Arm üm mien Schuller.
»Hebb ik di vonmorgen nich seggt, wi mookt hüüt Diät? Kiek di de beiden in Nr. 1435 doch an!«
»Gegen de Punnen köönt wi mienwegen geern to Huus wat ünnernehmen. Nu hebbt wi doch Urlaub un wüllt dat Leben geneten. Un dor höört nu mol Eten un Drinken mit to. Eten un Drinken höllt Lief un Seel tosomen. Also – wullt du nu 'n Ies oder wullt du lever op 'n Dumen nuckeln?«
»... un Seel!!« Mien Heinrich kunn dat gor nich dull noog betonen. He weet jo lang, wo he mi mit kriegen kann: mit de Seel! – Ik bleev steil. De Urlaub is to 'n Utrohen, to 'n Lesen, to 'n Bummeln, to 'n Opsugen von Kunst un Kultuur. Eten, eten, eten! Annerswat kummt de Lüüd doch nich in 'n Sinn!
Mien Buuk gnurr so 'n beten, as mien Heinrich mit sien Ies togang weer. Vanillje, Schokolood un Eerd-

beer, annerswat kennt he nich. Dorbi gifft dat doch hüüttodoogs Stracciatella, Malaga, Tiramisu, Kiwi, Champagner un wat nich all. Ober mien Heinrich blifft stuurheil bi Vanillje, Schokolood un …

»Wullt mol licken?« He weer also doch nich mucksch vonwegen unsen »Diätdag«. Mien Mogen gnurrt mitünner. Dat hett ober wieter nix to bedüden. Mit »mol licken« fangt dat an, un denn verfallst du dor an. Dat kenn ik! Nich een Pund wöör ik mi in dissen Urlaub ranfuddern! Nich een Pund! Dor kunn ik iesern ween. Kennst mi jo!

»Ik müch hüüt Obend mol weller ›Schnitzel satt‹ eten mit Pommes root-witt«, höör ik de Dickmadamm in den Noberskorf schafutern. Mit Smacht eet se ehre Eerdbeertörtchen, un he verputz een Familjen-Portschoon Marzipaanrull. »Mienwegen«, anter de Dickmops, »mienwegen köönt wi uk mol weller ›Scholle satt‹ eten mit Kartuffelsalot un Speck.«

Ik drünk mol ’n Sluck Minerolwoter. De Minsch schall twee Liter drinken den Dag. Eten bruukt he nich mehr as nödig. Un in ’n Urlaub hett he nich veel nödig, wieldat he jo nix ut ’n Sott rieten mutt un den ganzen Dag fuul in ’n Strandkorf rümsitten deit. Urlaub is de beste Tiet för Diät. Dat is würklich wohr, is dat!

»Wo lang wüllt wi hier noch blieben?« De dree Kugeln Ies weern schients blot Snutentarrn ween för mienen Heinrich. Un mien Mogen weer mit dat Fröhstück uk al lang dör. Ik kunn ’t goot marken. Wiet, wiet vör unsen Strandkorf leeg de Noordsee.

»Mienwegen«, sä ik to mienen Heinrich un kuschel mi so 'n beten bi em ran, »mienwegen eet ik 'n lütten Salot. Wat du moken deist, is mi egol. Is jo dien Buuk.«

»Düütsch oder italjeensch?«, fröög Heinrich trüch.

»Mi uk egol. Salot is Salot.«

Wi seten in dat düütsche Restaurant »Am Park«. All de Dischen buten an de Stroot weern besett bi dat feine Weller. Uk binnen müssen wi uns no 'n Platz ümkieken. De grote Spieskoort möök dat Utsöken nich jüst lichter: ut de Pann, ut 'n Backoben, von 'n Grill, Fisch, Fleesch, Supp, Kartuffeln un Salot.

»Ik harr geern de ›Fischerpann‹ mit Büsumer Krabben un Dithmarscher Brootkartuffeln«, bestell mien Heinrich mit faste Stimm un ohn mit de Wimper to tucken. »Un dorto 'n groot Alsterwoter!« De Kellnerin nickköpp. Un ik? Wat wull ik? Ik smeet gau noch een Oog op de grote Spieskoort vonwegen de Nummern, un denn höör ik mi seggen: »Ik harr geern de Nummer 013, den Salot, un een groot Glas Minerolwoter … – … un de ›Fischerpann‹ mit Büsumer Krabben un Dithmarscher Brootkartuffeln!«

Eensom

Ik seet in ’n Quark,
eensom,
Hals öber Kopp.
Un de Quark, de weer stampendick,
un ik kreeg keen Luft
un nich een Been vör ’t annere.
Ik müss dor rut!
Un ik füng an to spaddeln
un to spaddeln
mit all mien Kroosch.
Üm mien Leben spaddel ik.
Un von dat Spaddeln
kreeg ik Knööv
un woken Sinn
un kloren Kopp.
Man dat Spaddeln
höör un höör nich mehr op.
Un de Luft wöör jümmer
frischer un reiner,
un so hell schien dat Licht.
Un mien Leben weer Spaddeln
mit Lust un mit Freud
un de Eensomkeit
een Fründin.

Rosenmeihers

Un jüst Freidag quääl mi so 'n Koppweh! Wo se alltohoop an 't Rosenmeihen weern. Freidag is Rosenmeiherdag.

Alfons arbeidt jo veel un is de mehrste Tiet nich in 'n Huus. Dor meiht he den Rosen uk al mol vörmiddags. So bi Klock negen rüm weer he al in de Gang, as dat Gras noch ganz natt weer. Sien Rosenmeiher mookt 'n teemlichen Rabatz, mookt de.

Georg füng nu al mol an mit de Rosenkanten. Kann de Nober jo nix för, dat dat Dingsen so 'n möterigen Larm moken deit, as weern twee Rosenmeihers an 't Rötern. De Technik is eben noch nich so wiet. No 'n Moond köönt se woll flegen, man Rosenmeihers un Kantensnieders, de kenen Larm moken doot, dat köönt se nich.

Klaus, de hett nich so veel to meihen. Dorüm meiht he uk man blot mit so 'n lütten Elektro-Meiher. Mit den dröffst du sogor in de Middagsstünn mit meihen, glööv ik. De hett nich so veel Dezibel, as se jümmer seggt. Man för mien Koppweh recken de poor Dezibel uk al. Dor dä de Middagsstünn goot.

Georg versöch nu, sien Höllenmaschien ingang to kriegen. In de Middagsstünn! Dorbi steiht jedet Johr in 't Kehdinger Blatt in: Rosenmeihen in de

Middagsstünn is verboden! Ober meenst, de Lüüd quäält sik dor üm? Ik keek op de Klock: halbig dree. Uns Middagsstünn, de fangt ober uk eerst loot an!

Timo hett veel to meihen. Sien Rosenmeiher dücht mi veel to lütt för den groten Rosen. Un just so lütt is de Opfangkorf. All neeslang mutt he dat Gras utschütten. Un denn kloppt he mit den Opfänger jümmer so gegen de Kant von de Schuufkoor, dat dat Gras dor rutfallen schall. Un dat höörst du bit no uns röber. Un denn tütt he den Rosenmeiher weller an. Un denn löppt he dor weller 'n poor Regen mit op un dool. Un denn schalt he den Motoor weller af. Un denn mutt he weller dat Gras utschütten. Un so geiht dat meist twee Stünnen oder annerthalf, wat weet ik. »Schullst di man mol 'n gröttern Rosenmeiher anschaffen«, harr ik em al foken toropen müch. Man wat geiht mi dat an? Jedereen kann jo Rosen meihen, so lang un so veel as he lustig is. Blot nich von Klock twölf bit Klock twee.

Burghard is uk jo den ganzen Dag op Arbeit, jüst so as Alfons. Man anners as Alfons, de lever morgens meihen deit, geiht Burghard dor meisttiets s'obends eerst bi. Wenn ik op de Terrass sitten will un beten wat riemeln oder schrieben för »Op Platt vertellt« oder för »De Plattdüütschen« oder för den Quickborn-Verlag, denn meiht Burghard. Sien Rosenmeiher schient al wat öller to ween. Mi dücht, de hett al sien Nücken. So 'n Krachmoker harrn wi vör dissen, den wi nu

hebbt. Eenmol ward Burghard woll uk 'n annern kriegen.
Wi hebbt jo nu enen Rosenmeiher, de drifft sik sübbst an. Dor bruukst du blot so 'n Bögel an den Holm randrücken un fastholen, un denn löppt de von alleen. Also – du musst noch achterherlopen, so is dat nu jo nich. Ober du bruukst di nich mehr so afjöken bi 't Rosenmeihen. Kannst meist seggen: Rosenmeihen mookt Spooß! Un liesen is de, dor kann de ganze Noberschop bi to Middag slopen, so liesen is de. Dat is würklich wohr ...
Spooß mookt dat seker uk Hinrich. Hinrich is een Frohnatuur. De jammert nich lang rüm, vonwegen: »Rosenmeihen fallt mi jo so swoor. In mien Öller hebb ik eenfach de Kraft dor nich mehr to.« Nix von dat. Hinrich hett sik 'n Rosenmeiher köfft, wo he op sitten kann. Un nu föhrt he mit sien Speeltüüch-Trecker över 'n Rosen un is noch fein tomoot dorbi. »Goden Dag, Hinrich!« Dat Grölen kannst di sporen. Een Larm mookt de lüttje Trecker, as kunn he uk flegen!
As nu letz mien Koppwehdag to Enn güng, as uk Korl-Willem, John un Krischan Rosen meiht harrn, as ik de Been hoochpackt un mi 'n Glas Lambrusco inschenkt harr, as achter den Goldregen de rode Sünn ünnergohn dä un de Vogels för mi dat schöönste Obendleed süngen, do weer Roh. Keen Rosenmeiher röter mehr. Blot noch meihte Rosens üm mi rüm. Un een himmlische Roh, segg ik di, dat weer meist nich to 'n Utholen.

Dat Glückskind

De Ampel sprüng op Root. Wo veel Minuten duur dat woll, bit so ’n Ampel weller ümspringen dä op Geel un denn op Gröön? Weern dat öberhaupt Minuten oder blot Sekunnen? Ik sä keen Woort. Mien Hannen weern natt von Sweet. Gresig, jümmer weller disse Fohrt no Stood! De Ampel schull root blieben: root, root, root! Op ’t leevst harr ik ehr verhext! Wi wöörn den Termin nich verpassen.

Mien Hart slöög mi bit to ’n Hals. Mi weer gor nich goot vondoog. Un Mudder wüss dat! »Mi geiht dat hüüt so klöterig«, sä ik. »Ik goh weller no Bett!« – »Hollt stopp! Hier bliffst du!« Wenn se so resoluut ward, denn hölpt dat allens nix mehr. Wi wüssen beid, wat för hüüt Nomiddag op ’n Kalenner stünn.

Dor vörn müssen wi rechts af in de Goornstroot. Dat Schild blangen de Ingangsdöör kenn ik al to goot: »Dr. Klaus Schubert, Kieferorthopäde«. Ik harr wetten kunnt, dat ik hooch Feber harr!

Schiet Tähnen! De tweten sünd ’n beten groot worrn un hebbt nich all Platz noog. Twee Kusen müss mi letz de Tähnbreker al rutrieten, dat geev een beten Luft. Un nu mutt ik disse Klammer dregen, dormit mien Tähnen schöön in de Reeg koomt.

Ik bün Sportler! Football is mien Leben! Dor geev ik allens! Dat een dor keen Tähnspang bi bruken kann, is jo woll kloor. Stell di vör, ik krieg den Ball op de Snuut! Gor nich uttodinken! Mien Mudder, de wöör 'n Slag kriegen, wenn mien Mackers mi mit Bloot versmeert an 't Huus slepen dään. Bi 'n Sport blifft de Klammer in de Doos, dor gifft dat keen Diskuschoon.
Eten kannst jo uk nich mit de Spang! Bi uns in de Köök steiht jümmer een Glas, wo ik ehr rinpacken kann. No 'n Fröhstück, Middag un Obendbroot schall ik mien Tähnen putzen un foorts de Klammer weller insetten, hebbt se seggt. De Tähnen schööt jo schöön grood warrn, hebbt se seggt. Un dat ward blot denn wat, wenn du de Spang uk dregen deist, hebbt se seggt. Mudder hett Recht. Vadder hett Recht. Opa snackt mi jümmer goot to. Un Oma, de sitt dor achterher, as de Dübel achter de Seel. Schall jo 'n Barg Geld kösten, so 'n Tähnspang. De hebbt all goot Reden, de Groten. De weet gor nich, wo dat is, wenn schebe Tähnen grood mookt warrn schööt. »Freu di man, dat du holpen warrst!« Wo foken hebb ik dat al höört. Wat de Olen mit jemehr scheben Tähnen fein snacken köönt!
Snacken kannst jüst so slecht mit dat gresige Dings! Wat hebb ik mi de eersten Doog afjöökt in de School. Jümmer weer de Schoolmestersche mit mien Utsprook nich tofreden: »Nehm man dien Klammer mol för 'n Ogenblick rut, villicht kannst du dat »th« denn beter utsnacken.«

Engelsch mookt mi nu wohrhaftig Spooß, dat loot ik mi doch dör de oll Tähnspang nich mies moken! Goot, mitünner vergeet ik, ehr weller intosetten. Man segg doch sübbst: Hest du noch nie nich wat vergeten?
Kannst du mi villicht seggen, wannehr ik dat Dings dregen schall? In de Nacht villicht? Mit 'n Inslopen hebb ik al so mien Last mit. Meist flüggt de Tähnspang no 'n Stünnenstiet weller rut. Man dat bruukt Mudder nu jo jüst nich to weten kriegen.
Wi weern ankomen. »Jammer nich rüm, dat nützt nu uk nix mehr!«, schimp Mudder un kreeg mi bi de Hand to foten. Mi weer kodderig. Letzmol harr ik eerst Utschellers kregen von Dr. Schubert. Un hüüt wöör 't weller Theoter geben, dor kunnst op af.
Blot de Trepp no de eerste Etoosch trenn mi noch von dat Dunnerwedder. »Nu to!«, blaff Mudder mi an. »Wi sünd al fief Minuten öber de Tiet!« Mi güng 't nich goot! Wo foken schull ik ehr dat noch seggen! Se drück op Dr. Schubert sien Klingel. Nu müss ik dor dör. Nüms kunn mi mehr hölpen.
Dr. Schubert sien Assistentin kööm uns in de Mööt: »Ik hebb noch bi Se to Huus anropen, man Se weern al losföhrt. De Dokter is vör 'n half Stünn mit sein Fro no 'n Krankenhuus föhrt. Schuberts kriegt een Kind! Wi köönt glieks 'n ne'en Termin afmoken, wenn 't recht is.«
Een Kind för Dr. Schubert! Jo, sübbstverständlich wöörn wi noch mol wellerkomen, meen Mudder.

»Sübbstverständlich!«, nickköpp ik liesen, liekers mi nüms froogt harr. Mi füll een Steen von 'n Harten! »Hüüt Nacht sett ik de Tähnspang in, Mudder, versproken! Un morgen no School nehm ik ehr uk mit, kannst mi glöben. Doch, no de Iesdeel köönt wi noch hin! Jo! Mien Buukweh is mit'nmol weg!«
Glück hatt! Een Kind schull op de Welt komen, een Glückskind!

Au-pair-Mudder

»Kumm, loot uns no Huus föhren.« Liesen is sien Stimm, as Jochen sien Fro an de Hand nimmt un seggt: »Kumm, Meike …« Se stoht in de grote Hall, alleen twüschen hunnert Minschen, un kiekt ut een lütt Finster no buten. Een Fleger rullt langsom op de Startbohn to, ward gauer un gauer, heevt af von de Eer, flüggt höger un höger un is verswunnen achter Wulken. Afscheed deit so weh.

Wat de jungen Lüüd hüüttodoogs uk för Grappen in 'n Kopp hebbt! Amerika … Un dat glieks för een Johr! Au-pair-Deerns blievt een Johr in Amerika. Mit achtteihn steiht jem de Welt jo uk open. Dörteihn Johr School is 'n lange Tiet. Dat Abitur hebbt se düchtig fiert. Nu is Ines neeschierig op allens, wat komen ward. Se freut sik op Lucy un Zachary, de beiden Kinner in Washington, de se bit nu blot von een Foto kennen deit. To 'n eersten Mol in ehr Leben mookt Ines een Flugreis. Un to 'n eersten Mol blifft se so lang weg. Se wull endlich weg von to Huus, von de School, von allens, wat junge Deerns mit achtteihn Johr nich mehr utstohn köönt. So bi een Johr mutt dat her ween, dat se opsluuts weg wull un sik as Au-pair bewarben dä. Nu is 't sowiet.

Se schrievt den 27. Juni 1989.

Jochen un Meike sitt in 'n Auto un föhrt von Hamborg-Fuhlsbüttel weller Richtung Stood. De Klock is eerst söben, un de Dag liggt noch vör jem. Jochen mutt in de School. Deenst is Deenst, Afscheed is Afscheed. Dat Leben geiht wieter.
Meike föhrt no Huus, stillswiegens. Nüms schall ehre Tronen sehn oder versöken, ehr to begöschen. Se will alleen ween. Jümmer weller loopt ehr de Tronen hindool, jümmer weller. Wat kookt se denn hüüt blot to Middag? Se kickt op de Klock: Nu mutt Ines in Frankfurt ween. Dor stiggt se in den Fleger no New York, wo se denn noch mol ümstiegen mutt in de Maschien no Washington D. C. Wenn de Deern man eerstmol heel ankomen is, denn ward Meike uk weller Roh finnen.
In Ines ehre »Rumpelkomer« is een Kuddelmuddel. Wo lang hett se woll de Blomen keen Woter geben? Wo lang hett se al nich mehr oprüümt? De letzten Doog vör de Afreis kööm jümmerto Besöök to 'n Adjüüs seggen. Dor kunn se doch nich uk noch oprümen! Un Mudder schull sik dor man jo nich üm scheren! Över den Sludderkroom arger Meike sik al lang. »Loot ehr man eerst in Amerika ween, denn goh ik bi un smiet all de verdröögten Blomen weg, un den ganzen Plünnenkroom steek ik in de Mülltünn«, dach Meike bi sik. Wat müch dat weller för 'n smucken Ruum afgeben, wenn se den mol ornlich reinmoken dä. Foken weer ehr dat dör 'n Kopp gohn. »Nu is de Deern weg, nu kann ik bigohn un oprümen. Ik mutt wat doon, blot töben, dat mookt mi verrückt.« Arbeit is Medizin.

Töben is furchtbor. Se mööt lang töben, bit de Dochter sik ut Washington mellen deit. »Goot ankomen«, hööört se ehr seggen. Dat lett meist, as wenn se ut de Noberschop mit jem telefoneert, ehr Stimm is heel goot to verstohn. Liekers Meike al lang op 'n Globus nokeken harr, wo wiet se nu ut'nanner sünd, kann se sik dat in Wohrheit doch nich vörstellen. »Goot ankomen!« Dat is eerstmol de Hauptsook. Mook 't goot, Ines! Un velen Dank, lever Gott, velen Dank!
Meike mookt de »Rumpelkomer« gründlich rein. De Blomen kriegt all weller Woter un köönt sik verholen. Keeneen stickt se in de Mülltünn. Wat sik de Deern woll freut över dissen schönen Ruum, wenn se wellerkummt?
Nu kunn de Dochter jo uk bilütten mol schrieben! Jeden Dag luurt se to Huus op Post. Güstern weer nix dorbi, hüüt uk nich. »Wenn morgen nix kummt, roop ik in Amerika an«, geiht 't Meike dör 'n Kopp.« Dor is doch woll nix malöört? Dor! De eerste Breef kummt an. Se is fründlich opnohmen worrn in de Familje, un de amerikaanschen Kinner sünd leev mit ehr. Autoföhren mutt se uk! Se bringt den Jung no School, de Deern geiht noch in 'n Kinnergoorn. Ines mutt inköpen in 'n Supermarkt, mutt de Wäsch moken, oprümen (!), den Hund wat to freten geben, mit de Kinner spelen, vörlesen, no Bett bringen. Un dat allens op Engelsch! Wenn se man blot kloorkummt mit de Sprook. Wo se doch in Amerika nich jüst dat reinste Oxford-Engelsch snackt, wat wi in uns Scholen

lehrt, sünnern so 'n amerikaanschen Slang, wo een jümmer op 'n Kiewiev ween mutt, üm wat to verstohn. Dat weet Meike doch ut 'n Feernsehn. De Klockentiet is uk een annere in Washington. Wenn bi jem morgens Klock söss de Wecker rötert, denn is an de Oostküst von Amerika Middernacht. Söss Stünnen Ünnerscheed sünd 't also. Een Nachtuul is jemehr Dochter jo al jümmer ween. Morgens kunn se slecht ut de Puuch finnen un s'obends wull se dor nich bi Tieden rin. Un dat is nu jüst noch so. Se sitt in de Stuuv. Jochen sien Kopp ward böös swoor, un Meike is al indusselt. Dor bimmelt miteens dat Telefon. Se springt beid togliek hooch un störkt no 't Telefon hin. Wat mutt de Deern ober uk jümmer so loot anropen un jem so verjogen! Och jo, in Amerika is dat doch nu eerst nomiddags Klock veer!

De Deern is in Amerika, de Jung verreist mit de Footballers no Dänemark. Se sünd alleen, Jochen un Meike. Jem fehlt wat. Leben ohn Kinner, wo geiht dat man noch? Se hebbt dat mit de Johren ginzlich un gor vergeten. Man se leevt uk! Jochen un Meike, se sünd Vadder un Mudder, doch sünd se uk Mann un Fro! Steiht jem nich uk de Welt open? So wiet wegföhren wüllt se gor nich. Oma is uk jo noch dor.

Rodenborg ob der Tauber hett jem al lang mol intresseert. Se mookt sik op de Reis no Bayern. In Rodenborg wimmelt dat von Minschen. Ut Japan un USA sünd vele Touristen komen. Se findt een Hotel, wo se öbernachten köönt.

Annern Morgen bi 't Fröhstück sitt blangen jem een amerikaansche Familje, kumplett mit Mudder, Vadder, Dochter, Söhn, Oma un Opa. Meike un Jochen sünd alleen. Vadder un Mudder, alleen. Geern harr Meike jem mol frogen mücht: »Wo koomt Se denn her? Where are you coming from? Kennt Se Washington D. C.? Uns Dochter is dor as Au-pair-Deern. Köönt Se mi seggen ...« Se kann keen Woort rutkriegen. Tronen loopt ehr över 't Gesicht, Tronen, de no Solt smeckt. Jo, Tronen smeckt solten. Nu weet se 't weller.

Se schrievt den 18. August 1989.

To 'n Geburtsdag kriggt Meike 'n dicken Breef ut Amerika. Ines schickt de eersten Biller ut Washington. »That's my life!« Nu köönt se sik doch allens beter vörstellen: de lüttje Lucy, ehren Broder Zachary, de Öllern Sarah un Bill, den Hund, dat Huus, de Orchid Street, den Wogen, den Supermarkt, de Köök un sogor ehr Bett. Na, un wat hett se al allens von Washington to sehn kregen: dat Witte Huus, dat Kapitol un Lincoln-Memorial, Washington Monument un The Mall. Jümmer weller bekiekt se de Biller. In 'n Droom warrt se all lebennig.

Se schrievt den 18. September 1989.

Ines hett Geburtsdag. Negenteihn Johr ward se hüüt. Meike hett 'n Termin bi 'n Dokter in Stood. Blot nich jümmer an den Geburtsdag dinken! Op 'n halben Enn no Stood schrammt se mit ehr Auto an enen Trecker langs, kriggt den Wogen ober noch to 'n Stoppen. Junge du, wo weer se denn blot eben mit ehre Gedanken? De Trecker stünn dor doch an de Siet, dat kunn se doch sehn! Se slotter an 'n ganzen Lief. Dat Auto mutt mit Blickschoden in de Warksteed. Den Buurn gifft se ehr Adress. Un denn geiht de Reis wieter no Stood. Blot nich week warrn! To 'n Obendbroot koomt Oma un Opa to Besöök. Se stellt dat Telefon mit den ne'en Luutspreker merrn op 'n Disch un roopt in Amerika an.

»Happy birthday, Ines!« Jedereen snackt een poor Wöör mit de Deern, so goot as 't geiht. Meike ehr Stimm will hüüt nich so recht. Oma un Opa langt den Hörer uk gau wieter. Ines lett sik nix marken. Is al swoor noog.

Nu is al Harvst. Och jo, se as Öllern, se müchen woll uk geern mol no Amerika hinflegen un jemehr Dochter dor besöken! »Ji mööt eenfach mol herkomen«, seggt se. »In de Oosterferien passt dat doch goot.« Vadder is Füür un Flamm. Krischan is uk al ganz jieperig op Amerika un will sien Swester sehn. »Eerstmol aftöben«, seggt Meike.

Meist jeden Obend koomt Norichten ut Washington in de »Tagesschau«. Se sitt vör de Flimmerkist un passt op. »Psst! Wees doch mol still!« Achter den Korrespondenten süht 'n dat Witte Huus mit den schönen Park. Een groten, hogen Tuun is dorvör. An den Tuun langs is 'n Footpadd, dor goht Minschen. Nu kiek doch mol! Villicht is Ines dorbi. Jo! Kann doch ween! Annere Lüüd goht dor jo uk!

Se schrievt den 9. November 1989.

De »DDR« mookt de Grenz op! Se hebbt den Feernsehapparoot an un köönt meist nich begriepen, wat sik in Berlin afspelen deit. De Minschen sünd rein ut de Tüüt, frömde Minschen fallt sik vör Freud üm 'n Hals. Junge Lüüd kladdert op de Muur rop, op disse gresige Muur, de merrn dör Berlin geiht un al so veel Unheel anricht hett. Dat is Weltgeschicht »live«! Dat mööt se Ines foorts vertellen, egol wo düür dat Telefoneren nu an 'n helligden Dag is! Wat speelt dat för een Rull an so 'n geschichtlichen Dag? De Telefon-Nummer is lang: Vörweg 001, denn 202 un nu noch söben Tohlen achteran. »Ines, weeßt du, wat in Berlin los is?« – »Jo«, kummt de Antwoort ut Washington, »hebb ik jüst in 'n Feernsehn sehn!« Dor süht 'n mol weller: Lütt is de Welt! Jochen hoolt 'n Buddel Wien ut 'n Keller, un se drinkt enen Sluck op de Geschicht.
Se schrievt den 24. November 1989.
Jochen hett Geburtsdag. Nu mutt weller Post komen ut Amerika. De Deern ward ehren Vadder doch jo wat to 'n Geburtsdag schicken! Hüüt is nix ankomen. Na, dat kann mol vörkomen. Männichmol bruukt de Post 'n Dag länger. Annern Dag kummt uk nix. Oma kummt jeden Dag. Se froogt no de Deern un wat se wat von ehr höört hebbt. O Gottogottogott! Schull dor womööglich wat passeert ween? Omas köönt enen ganz verrückt moken! De Geburtsdagspost kummt doch noch. Een Bild hett Ines moolt för ehren Vadder. Dat duurt nu mol wat länger.

Wiehnachten steiht vör de Döör. Een Johr is lang, un dor is allens mit binnen: Geburtsdoog, Oostern, Pingsten, Wiehnachten. Wiehnachten is dat Slimmste.
Meike will nix von Wiehnachten weten. »Un to Wiehnachten is Ines uk nich to Huus?«, froogt ehr de Lüüd. »Nee! Is se nich!« Se verjoogt sik meist sübbst över ehre scharpe Antwoort. Wiehnachten steiht vör de Döör. Loot 't doch stohn. Meike kriggt een Allergie an Hannen un Arms un ganz dull in 'n Gesicht. Puterroot von Quaddeln wookt se mitünner op in de Nacht un mutt de Huut mit natte Lappens köhlen. Se is allergisch gegen dit un dat un wat weet se denn. De Dokter hett 'n Allergietest mookt. Meike ehr Seel is allergisch gegen Wiehnachten.
De Wiehnachtsfier von 'n Vereen is vörbi. Jochen un Meike goht no Huus. Dusend Steerns stoht an 'n Heben un een Moond. Jo, een Moond! Op de ganze Welt gifft dat blot enen Moond! De Moond, de op jemehr lütt Dörp, op jemehr Huus un op ehr sübbst schient, de lücht uk över Amerika! Nich to desülbige Tiet, dat is kloor, ober 't is jümmer un överall op de Welt de ene Moond dor boben an 'n Heben, bi jem to Huus jüst so as in Amerika. Se hett wat funnen, wat verbinnen deit: den Moond. Männichmol vör 't Nobettgohn steiht Mudder Meike op de Terrass buten un schickt ehre Gedanken no Amerika. De Moond versteiht ehr.
Dat Paket is al lang ünnerwegens. Du schullst dat

bitieden op de Reis schicken, schreben se in 't Dagblatt. Wiehnachten is Ines ober nich in Washington. Se nimmt sik een poor Doog Urlaub un flüggt mit een Fründin no Mexico.
Wiehnachten in Washington, dor hett se uk böös Manschetten vör. Man ginzlich un gor verdrieben kannst du Wiehnachten narms op de Welt, uk nich in Acapulco.
Se schrievt Neejohr 1990!
Över 'n Barg sünd se nu röber. 1990 kummt de Dochter weller. Wat se nu woll jüst moken deit? Nachts Klock dree bimmelt dat Telefon. All beid springt se in de Hööcht, söökt no den Lichtschalter un no den Hörer. »Eh, ji pennt al?«, kriegt se ut Washington to hören. »Joho! Dink mol an uns Klockentiet in Düütschland!« – »Ik wünsch jo een fröhlich nee Johr!« – »Wi di uk! Loot di dat goot gohn! Gode Nacht!«
Krischan hett Geld kregen to Wiehnachten. För em steiht fast: He will no Amerika in de Oosterferien. De Schangs lett he sik nich ut de Nees gohn. Jochen un Meike hebbt sik de Reis ut 'n Kopp slogen. Ines meent, dat is villicht uk beter so.
De Oosterferien koomt nöger ran. Meike föhrt mit Krischan no Stood, üm Geschenken intoköpen för Lucy un Zach un Mudder un Vadder Dietch. Krischan schall bi sien Swester mit wohnen. Dat köst denn nix. He freut sik unbannig. He is söbenteihn Johr oolt, noch nich ganz. Enen Fleger hett he nie nich von binnen sehn.

Se schrievt den 24. März 1990.
Weller föhrt se no Hamborg. Meike seggt keen Woort mehr. Den Keerl in 't Reisbüro hebbt se teemlich 'n Lock in 'n Buuk froogt. Se kennt sik doch mit Flegen nich ut! So 'n beten weet se nu Bescheed. Se nehmt sik noch eenmol in 'n Arm. De Jung hett Moot. Wat he will, dat will he. He will no Amerika, sien Swester besöken. Meike ward mulmig. Krischan strohlt, as he dör de Kuntrull geiht. Wat schall denn passeren?
Toeerst geiht de Flug no Frankfurt, denn direktemang no Washington. »De sien Kinner leev hett, lett jem gohn.« Wokeen hett sik den Snack egentlich utdacht? Meike öberlett ehre Kinner den leven Gott. Dat mag sik ooltbacksch anhören. Ober ehr Hart ward dor lichter von.
Krischan is goot in Washington landt. Ober em weer kotterig tomoot. In Washington snei dat för dull. Ines hett lang op em töben müsst. As se in de Orchid Street ankomen sünd, roopt se bi de Öllern to Huus an.
Ines lett ehren Broder gor nich to 'n Opjappen komen. Twee Doog loter fleegt de beiden no New Orleans. Washington un New York kann Krischan sik jümmer noch ankieken. Wenn se man tosomen sünd, denn scheelt dat al 'n ganzen Barg. Meike kann 't utholen. Un to 'n Glück kriggt se uk jo gor nich allens mit.
Se schrievt Oostern 1990.
An 'n tweten Oosterdag kummt de Jung weller. Vull Freud föhrt Vadder un Mudder no Fuhlsbüt-

tel un hoolt em af. He strohlt! Wat de Jung doch sabbeln kann! Dat höllst in 'n Kopp nich ut! Von Hamborg bit no Huus höört he nich op to vertellen. Un denn geiht he eerstmol in de Boodwann. 't is nödig. Een half Stünn loter steiht he vör sien Mudder in de Kökendöör, nimmt ehr in 'n Arm un seggt: »Mudder, ik bün in New York ween!« He kann 't sübbst noch nich begriepen.
Un Ines? Se mutt noch dörholen, bit dat Johr rüm is. Geern weer se mitflogen no Huus.
Krischan mag 't sien Mudder meist nich seggen. De Deern is trurig, een beten. De Tiet is doch lang. Jeden Dag schickt Meike ehr enen Breef no Amerika, meist jeden Dag.
Se schrievt den 26. Juni 1990.
Ines ehr Fründ flüggt no Washington, üm ehr aftoholen. Enen leddigen Kuffer un enen ne'en Rucksack nimmt he för ehr mit. Un för jem beid gifft 't een Tüüt vull Dollars von to Huus. Een Johr duurt de Au-pair-Tiet, un dorno dröövt de jungen Lüüd noch veer Weken in Amerika blieben. Tohoop wüllt se een Rundreis moken.
Denn kummt de Afscheed. De Dag, den sik Ines mitünner still un heemlich wünscht hett, dat he endlich komen müch, is dor: Afscheed von Lucy, Zachary, Sarah un Bill in Washington, Afscheed von Fründinnen un Frünnen in Baltimore un New Jersey. Afscheed von leve Minschen dröppt merrn in 't Hart.
»Wannehr kummt Ines weller?«, froogt de Lüüd to Huus. Jo, dat Johr is rüm! »Ober segg blot nich,

dat is gau vergohn. Dat weern ganze dreehunnertfiefunnegentig Doog!«
Morgen kummt Ines no Huus. Meike dekoreert de Huusdöör mit Papierblomen un Grööntüüch ut 'n Goorn. »Welcome at home!« hett se mit Kried op de Opfohrt schreben. Dat is verkehrt.
»Welcome home!« heet dat. Wat Au-pair-Mudders allens lehrt, segg ik di! Un wenn du Meike frogen deist: Se is uk in Amerika ween, een Johr lang. Wohrhaftig! Inbillen kann se 't sik.
Se schrievt Dönnersdag, den 26. Juli 1990.
Bi jem to Huus is allens op Empfang. Ines röppt Klock negen ut Frankfurt an. Se köönt losföhren, se kummt 'n beten ehrder in Hamborg an. Jochen stüürt den Wogen, Krischan sitt blangenan. Se sünd uk opgereegt, jüst so as Meike. Meike sitt achtern. Un seggt keen Woort. Wo mag dat warrn, dat Wellersehn?
De Fleger is landt. Se kummt nich. Oder doch? Se kummt! Se seht sik dör de Schiev. Ines is weller dor! Meike ehr Hart puckert. Ines mutt töben op de Kuffer. Denn endlich köönt se sik in 'n Arm nehmen. Kinnerslüüd, wat 'n Geföhl …
Nu hoolt se noch Ines ehren Fründ von 'n Bohnhoff af. He kummt mit 'n Tog ut Frankfurt. Dat Auto is proppenvull mit Kuffers un Rucksäck un glückliche Minschen.
To Huus sammelt Ines gau de lütten Fohnen in, de Meike in 'n Rosen steken hett. Dat geiht to wiet! De Dekoratschoon öber de Huusdöör lett se gellen. »Hartlich willkomen to Huus!«

Dat weer also Amerika. Noch eenmol kullert dicke Tronen för Lucy, Zachary, Sarah un Bill, för Washington, Florida, San Francisco un New York. Vörbi – een Johr as Au-pair-Deern. För jümmer vörbi.
Se drinkt Kaffee un eet »Amerika-Toort«.
Obends Klock söss kummt de Verwandtschop un Fründinnen to Besöök.
Ines is weller to Huus, weller bi Vadder un Mudder. Se blifft nich lang. Bald fangt in Kiel dat Studium an. De Tiet blifft nich stohn, se löppt wieter un wieter, un dat is goot so. Congratulation, Ines!

Blot för Besöök!

Op uns Kristallglöös bün ik jo so stolt op! Wo lang hebbt wi dor op spoort hatt! In 't Stubenschapp stoht se nu achter Glas, un jümmer, wenn Besöök kummt, knips ik de Lamp an, dat de feinen Kristallglöös in all jemehr Pracht den Besöök glieks in 't Oog springen doot.

Wenn Besöök to 'n Eten kummt, denn koomt de Kristallglöös op 'n Disch. Dorför sünd se jo dor! För 't Begröten bruukt wi de Sektglöös. Bi 't Eten gifft dat Wien. Achteran sünd de lüttjen Stamper an de Reeg för 'n Afsacker. Un no 'n Eten kann jedereen sik wünschen, wat he drinken will: Woter oder Kunjack oder Beer oder wat he will. Un jedereen kriggt denn uk dat passliche Kristallglas för sien Gedränk.

Dat süht besünners fien ut un vörnehm, un wat meenst, wat de weertvull sünd, de Kristallglöös, un düür!

Mien Heinrich, de kann ut de wunnerschönen düren Kristallglöös leider nich so veel rutkieken. No jeden Gang in de Köök tellt he al mol dör, wo lang he woll in de Nacht weller afdrögen mutt, ehrder dat he no Bett gohn kann. Kristallglöös dröffst du jo nich in de Spöölmaschien doon, dor ward se doch blind von. Un dat wöör to un to schood. So 'n blind Glas kannst för Besöök nich mehr her-

kriegen un sülben smeckt di dat dor uk nich ut. Een Glas toköpen, dat kannst uk vergeten. Uns Kristallglöös sünd al een Utloopmodell, liekers ik jem doch noch so geern lieden mag. Wenn een Glas tweigohn deit, hest Pech hatt.
Vörsichtig, in nich to hitt un nich to koolt Woter, mit 'n Afdrögendook, dat nich fusseln deit un mit veel Geföhl heegt un pleegt wi de feinen Kristallglöös, wenn de Besöök weller weg is. Wi goht denn nich ehrder no Bett, as bit de Kristallglöös weller an jemehren Platz in 't Stubenschapp stoht achter de Glasdöör. Is echt schöön, so 'n Schapp vull Kristall!
»Kann ik di wat hölpen?«, fröög annerletz mien Heinrich, as wi för uns beid den Obendbrootsdisch opdecken wullen.
»Jo«, sä ik, »nett dat du frogen deist. Kannst al mol de Glöös herkriegen.«
Stantepee güng he in de Stuuv.
»Wat will he dor?«, schööt dat dör mienen Kopp. »Wull he mi nich eben jüst noch hölpen? Nu kickt he woll weller de Sportschau an.«
»Wat söchst du?«
»De Glöös! Hest du doch seggt!«
»Büst du nich klook? Doch nich ut de Stuuv! För uns reckt doch een Sempglas!«

Mimi Miedelreem

Op uns Wisch is sünst nich veel los. All Doog datsülbe: Arbeit, nix as Arbeit! Jeden Freidag (glöövik) rötert de oll Rosenmeiher öber uns Nest langs, un wenn du di nich wegwohren deist, kummst glatt ünner de Rööd. Man sünst geiht uns dat teemlich goot op uns Wisch, un wi köönt moken, wat wi wüllt.

Een Glück, nu sünd se all weller weg! Sowat, segg ik di, sowat hebb ik op uns Wisch all maleev un Doog noch nich beleevt, ik, Mimi Miedelreem. Dat mutt ik di mol vertellen!

Ik weer jüst ünnen in uns Nest mit de Eier togang. Dag för Dag hebbt wi Arbeiders dor uns Arbeit mit. Dag för Dag mööt wi dat schietenhild hebben, dormit uns de Eier nich tweigoht, jümmer schöön warm blievt un dor weller een Tucht Miedelremen von warrn kann. Ik verjoog mi doch nich slecht, as dat boben op uns Wisch mit'nmol för dull anfüng to pultern un klabastern! So gau as ik man kunn, krabbel ik no buten, üm to kieken, wat los is. Fief grote Keerls löpen op uns Wisch hin un her, harrn dicke Arbeitshanschen an (Wat Minschen uk allens bruukt!) un packen lange Schienen ut Metall hin un her. Ünner enkelde Schienen schöven se 'n dicken Holtpluck. Junge du, harr nich veel an fehlt, un uns Ingang weer dicht ween von so 'n ollen Holtpluck!

»Dat schall mi mol verlangen, wat dat warrn schall«, dach ik so bi mi, un ik beber an 'n ganzen Lief. Rums packen de Keerls brede Platten twüschen de Schienen. Un bums seet ik in 'n Düüstern. Plietsch as ik nu mol bün, hebb ik ober gau een Lock funnen, wo ik weller dörkrabbeln kunn.

In Nullkommanix weer uns hele Wisch mit Platten afdeckt. An de Ecken steken de Keerls hoge Stangen rin un tögen dor brede Plonen öberhin. As wenn ik mi dat nich dacht harr: Een Telt schull dat warrn! Op uns Wisch! Hebbt de Keerls keen Huus? Wat mööt se hier op uns Wisch een Telt opboen un uns bi de Arbeit stören? Wat Minschen uk för Grappen in 'n Kopp hebbt! Dor büst du von de Söcken.

Merrn in de Nacht weer dat Telt trecht. De Keerls hauen weller af. Un ik güng mööd no Bett. Wat 'n Opregen ober uk!

Annern Dag hebbt wi (Minna, Mieke, Minka, ik un uns hele Verwandtschop von de Wisch) dat Telt eerstmol ünnersöcht. Normol harrn wi jo gor keen Tiet, weeßt jo: Arbeit, nix as Arbeit gifft dat Dag för Dag bi uns! Ober wannehr kriggt 'n so 'n groot Dingsen mol weller to sehn? Wat de Minschen dor woll mit wüllt? Wat dat hier woll wat to eten geben deit? Wi sünd in alle Ecken krabbelt, hebbt de Ritzen afsöcht un sünd de Stangen hoochkrabbelt. Allens, wat Been hett op uns Wisch, weer an 't Söken un Kieken un Hin- un Herlopen.

»Mimi, kannst du wat finnen? Nee? Ik uk nich. Ik glööv, hier gifft 't nix för uns. Kumm, wi haut weller af! Ward uk bilütten Tiet, mol weller no ünnen to kieken!«, sä Minna to mi. Teemlich benaut kröpen wi weller trüch in uns Miedelremennest, Minna, Mieke, Minka un ik. Nix för uns, so 'n Telt mit nix in ...

Wi weern jüst noch mol mit de Eier an 't Hin- un Herpacken, dor füng dat boben weller an to klabastern. In enen Hurra weern wi all weller boben. Weller löpen grote Keerls hin un her, ditmol slepen se Dischen un Stöhl ran. An enen groten, breden Disch weer een Hohn an, sehg meist ut as 'n Woterhohn. (Wat Minschen allens bruukt!) Buten stünn een Lastwogen mit luter Buddels, de stellen se achter den breden Disch mit den sünnerboren Woterhohn.

Also – kott vertellt – för uns Miedelremen weer weller nix dorbi!

Jümmer mehr Lüüd kömen in 't Telt rin. Langsom wöör mi dat mulmig. Mit'nmol füng so 'n Froonsminsch dat Quieken an: »Iiiih! Kiek mol! Luter Miedelremen!« Ik schööt in 'n Dutt! So gau as ik man kunn, neih ik ut, fiel rop op de Iesenstang in de Mitt von 't Telt. Mit puckern Hart bekeek ik mi dat Speelwark nu von boben. Von dor kunn 'n jo sowieso allens veel beter sehn. Dischen un Stöhl wöörn trechtrückt. Op de Dischen packen twee Froonsminschen witte Dischdeken rop. Teller, Messer, Gobeln, Löpel, Servietten un Talliglichter kregen se op 'n Disch. Un to goder Letzt kömen noch Blomen dorto. Ganz nett, kannst nich anners seggen.

Wo ik dat ganze Gedööns von kennen do, wullt du weten? Na, de Keerl mit den Rosenmeiher hett blangen uns Wisch doch sien Huus, un dor kiekt wi mitünner mol langs. Ober wat Minschen allens bruukt! Un noch jümmer geev dat nix to freten för mi, Mimi Miedelreem.
Een no 'n annern hauen de Minschen weller af. Ik wull uk eerstmol no Huus gohn un kieken, wo 't mien Verwandtschop gohn dä. Beten bang weer ik jo doch, dat welke womööglich ünner de groten Fööt von de groten Minschen komen weern. Besünners Minka is foken so lichtfardig un passt nich op. Un Mieke un Minna, de dweilen jümmer achter Minka ran. Mi füll een Steen von 'n Harten, as se een no 'n annern all weller in uns Nest ankrabbeln kömen.
Jüst weern wi mit uns Arbeit för recht in de Gang, do kööm boben över uns weller Leben in de Bood. Un hest du nich sehn, krabbel allens, wat Been harr, weller in dat Telt rin.
As ik boben op de Stang in de Mitt von 't Telt ankomen weer, do füllen mi doch meist de Ogen ut 'n Kopp! Wat stünn dor denn op 'n Disch blangen den Ingang? Bodderkoken! Jowoll!
»Bodderkoken« sään de Minschen dorto. Wo lecker de rüken dä! Sowat harrn wi op uns Wisch jo in 'n Leben noch nich to sehn kregen.
Bodderkoken ... De wöör utrecken för mien hele Verwandtschop. Hmmm ...
To geern weer ik mol no ünnen krabbelt, ganz vörsichtig op den Footbodden langs, an dat Bodder-

koken-Dischbeen weller hooch un rop op den Bodderkoken. Hmmm – mi lööp dat Woter in 't Muul tosomen. Ober 't weer mi doch reinweg to gefährlich. Jümmer mehr Minschen stünnen nu üm den Bodderkoken rüm, un wat meenst du, wenn dor weller so 'n Froonsminsch quiekt harr: »Iiiih, Miedelremen!« Gor nich uttodinken! Vörsichtig un langsom kladder ik von mienen Utsichts-Pieler weller rünner. In 'n Ogenblick weern de Minschen noch wiet weg, stünnen jo all üm den Bodderkoken rüm. Se strohlen alltohoop öber beide Backen, füllen sik üm 'n Hals un proosten sik to. Wat Minschen uk allens bruukt! De een Deern harr 'n witt Kleed an, lang bit an de Fööt. Un een Jungkeerl mit 'n swatten Antog nöhm ehr in 'n Arm, drück ehr 'n Söten op un noch enen un noch enen! Nee uk doch, wat Minschen allens bruukt! Nich to glöben ... Mit Geschenken un Blomen kömen de Lüüd an un graleren to Hochtiet. Aha! So fiert also de Minschen Hochtiet! Dat harr ik mi meist al so dacht. Un denn langen se jümmer fix no den Bodderkoken hin! Ik much 't nich mehr mit ansehn!

To 'n Glück hebbt de Minschen dat ober jo so an sik, dat se düchtig krömeln doot mit Bodderkoken. Ik müss blot eben so lang töben, bit se in de Puuch liggen dään. Gedüür is sünst jüst nich mien Sook, ober mien Leben weer mi doch lever. Un ik wull nu sowieso eerstmol no Huus un no de Arbeit kieken.

So veel hebbt wi lang nich beleevt op uns Wisch, Minna, Mieke, Minka, ik un de annern. Mööd un kaputt güngen wi no Bett. »Loot de Minschen man Hochtiet fieren, wi mööt morgen weller an de Arbeit!«, sä Mieke noch un pack sik op de Siet. Beten stöört hett dat Getrampel von boben, ober een Nacht kunn 'n dat woll mol utholen.

Wat weer dat?

Bum-bum, bum-bum-bum, bum-bum, bum-bum-bum ... Miteens seten wi all steil in 'n Bett. An Sloop weer nich mehr to dinken. Schull dat Musik ween, wat de Minschen so geern hören mögt? Also – Musik is in mien Ohren wat anners. Larm, ganz möterigen Larm müssen wi utholen! Un danzen stell ik mi uk anners vör. Hüppt un sprungen hebbt se dor boben in 't Telt, gröölt un juucht! Wi kunnen uns egen Woort nich mehr verstohn! Wat Minschen doch för 'n Opstand mookt, wenn twee freen doot! Is 'n lange Nacht worrn, dat kannst mi glöben. Ober uk de güng mol to Enn.

Nu sünd se all weller weg. Dat Telt hebbt de groten Keerls den annern Dag weller afhoolt. Poor Doog harrn wi Tiet, de Bodderkokenkrömels in 't Gras to söken. Lecker, kann ik di seggen, lecker! Hmmm ...! Freidag röter denn de oll Rosenmeiher weller öber uns Wisch langs.

Nu köönt wi weller moken, wat wi wüllt. Wat bün ik froh, dat wi de Minschenhochtiet all lebennig öberstohn hebbt, Minna, Mieke, Minka, ik un de mehrsten Miedelremen von uns Wisch. Is jo ganz schöön, wenn 'n mol wat anners süht un beleevt. Denn hett 'n uk wat to vertellen. Ober nu mutt ik eerstmol weller an de Arbeit! Tschüüs!!! Mimi.

Een wunnerboren Platz

De Ogen so groot ... De Oten so swoor ... Ik seet blangen ehr op de Kneen an de Eer. »Glieks kummt de Dokter, duurt wiss nich lang ...« Mien Stimm beber. Mien Hannen strokeln ehr Fell, dat sik jümmer noch so week anföhlen dä. Liekers dor uk al 'n Barg witte Hoor twüschen weern, sehg se doch för ehr Öller noch recht schier ut. Dat se nich mehr recht kieken kunn, weern wi woll vermoden, man bi uns in 'n Huus kenn se sik jo ut. Uns Huus weer uk ehr Tohuus. An annerswat kunn se sik seker gor nich besinnen. As wi ehr kregen hebbt, weer se man jüst söss Weken oolt.
»Wo kunn dat malören? Ik hebb di nich sehn kunnt in 'n Spegel! Glieks kummt de Dokter! De hölpt uns.«
In acht Weken harrn wi ehren eenuntwintigsten Geburtsdag fieren kunnt. Dat se uk nich mehr recht wat hören kunn, dat wüssen wi teemlich genau. Un dorüm is dat jo uk allens so komen. »Mohrly« steiht op ehren Impfpass, de meist jüst so utsüht as de von uns Minschen. Katten mööt uk af un an no 'n Dokter, mööt impft warrn gegen Süken un wat innehmen gegen Wörms. Uk de Kampf gegen Flöh hööt dorto. De Veehdokter weet mit Katten wunnerbor ümtogohn. Een Katt wullen wi man blot hebben, un so löten wi ehr domols ope-

reren, dat se nich jungen schull. Se hett mit uns leevt, meist eenuntwintig Johr. Uns Kinner, de sik mol een Katt wünscht harrn, sünd lang ut 'n Huus. »Wenn ik dor noch an dinken do, Mohrly, as du uns eenmol weglopen büst! Dat weer bald no de Operatschoon. Un dat in 'n Winter! Du harrst di den Doot holen kunnt! Keen Nacht kunnen wi slopen. Woneem kunnst du woll afbleben ween? Villicht weerst du no de Moorbrack hinlopen un fünnst nu den Weg no Huus nich mehr? Wi tröcken uns warm an, de Jung, de Deern un ik, güngen dör Störm un Snee langs de Moorbrack un röpen luuthals: ›Mohrly! Mohrly! Hier sünd wi! Kumm no Huus!‹ Wi güngen uk all de Stroten in uns Noberschop op un dool un söken no di. De Kinner hulen snappenlange Tronen, dat glööv mi man. Ober to de Tiet föhr jo noch Semmelhaack sien Melkwogen. Un wat an 'n Melkwogen vertellt wöör, dat wüss denn uk dat ganze Dörp. Wi söchen uns Katt! Un as een Wunner kregen wi di weller. Ganz no 'n annern Enn von 't Dörp weerst du lopen. Mehr as twintig Johr is dat nu her.
Och, un eenmol büst du doch glatt ünner 't Auto komen, hest di de Nees so 'n beten afschrammt un di gewaltig verjoogt. Von de Tiet an keekst du jümmer eerst no links un no rechts, ehrder dat du över de Stroot lopen dääst. Dat is würklich wohr. Glieks mutt de Dokter hier ween, glieks. Och, un as to 'n eersten Mol uns lütt Enkeldochter in 't Huus komen dä: Beten Bang harr ik doch. Wo müchst du di woll geben?

Wöörst du von dat Schrauken Wehdoog in dien Kattenohren kriegen? Wöörst du de Lütt villicht mol so 'n beten kleien? Normol seetst du doch op 'n Schoot un wöörst eit un strokelt. Du hest de Lütten nix doon. Wi müssen blot oppassen, dat du nich mit in 't Kinnerbett rinhüppen dääst, weeßt noch? Du weerst een Familjenkatt. Een feine Katt büst du. Kann nich mehr lang duurn, denn is de Dokter hier.
Un wenn wi no Huus hinkömen, denn lööpst du uns al in de Mööt, kunnst di gor nich weller inkriegen, so hatt freust du di, dat wi weller dor weern. Denn geev 't eerstmol wat to fuddern, un denn nix as rop op dienen schönen warmen Platz an de Heizung. Ei, Mohrly, ei …«
Wo heet noch mol de Gospel-Song, wo de Heben as 'n wunnerboren Platz löövt ward? – – –
Se wull jümmer dor ween, wo wi Minschen weern, besünners nu, as se oolt weer. Hören kunn se woll nix mehr. Un denn is 't malöört. Se is mi ünner 't Auto lopen. De Ogen so groot … De Oten so swoor … Dat Fell so week …
Ik ei ehr över 'n Kopp, jümmer un jümmer weller. Den Dokter sien Auto stünn op 'n Hoff.
»Velen Dank, leve Mohrly. Wi warrt di nich vergeten. Nie nich. Büst een gode Katt ween. Heaven is a wonderful place.«

»Verleevte Doog«

»Verleevte Doog in Hameln«, so heet dat Arrangemang, dat wi to unsen Hochtietsdag in de Röttenfänger-Stadt bookt harrn. Bi fein Weller slennern wi dör de Footgängerstroten un lannen opletz in »Ricardo« sien italjeensche Iesdeel. »Glück hatt!«, dach ik bi 't Ieseten, as ik tofällig op mien Armband kieken dä. De kneepsche Versluss weer opgohn. Gau knips ik em weller dicht. Harr nich veel an fehlt un ik harr dat verloren! Denn harr ik mi ober swatt argern kunnt! Dat Armband hett mi mien Heinrich mol schenkt, as wi gor nich veel in de Melk to krömeln harrn. Wenn dat weg ween weer …

»Op de Bank vör C & A droopt wi uns Klock dree weller, un denn mookt wi een Damperfohrt op de Weser, goot?« Ik weer inverstohn. In 'n dreeviddel Stünn kunn ik noch no de Buddelei gohn un no Tchibo un no Bijou Brigitte, den Loden mit allerlei Moodsmuck un Kroomsticken to 'n Utfleien. Mehr so blangenbi keek ik gau noch mol op mienen rechten Arm vonwegen dat gollen Armband, un ik schööt batz tosomen: Mien Armband weer weg! Ik harr hulen kunnt, as ik an de Kass stünn, üm dat neemoodsche Armband to betohlen, dat ik mi jüst eben utsöcht harr. Gollen utsehn dä dat woll, man echt weer dat blot för fief Euro. Mien oolt Armband, Gold mit twee helle Steen un een witte Parl in de Mitt, weer futsch! Wo jammerjammerschood …

Mien Fett wöör ik seker glieks kriegen, wenn mien Heinrich mi in de Bicht nehmen dä. He harr jo sien Söcken eerst al kregen, un mehr bruuk he nich, harr he jo seggt. Von wieden kunn ik em dor sitten sehn op de Bank ünner 'n Boom vör C & A. ›Wat? Dat gollen Armband verloren?‹, wöör ik glieks to hören kriegen. ›Musst du denn in de Stadt uk jümmer so etepetete rümlopen? Hier kennt di doch nüms! Weeßt du öberhaupt, wat dat mol köst hett? In 'n Schosteen kannst dat nu schrieben. Wat büst du ober uk fludderig hüüt. Dat kriggst maleev nich weller…

»Heinrich«, sä ik bedröövt, »weeßt, wat mi malöört is? Mien Armband is weg!« –

»Nu sett di hier eerstmol hin«, kreeg ik to Antwoort. »Woneem kannst dat denn verloren hebben?« – »Bi Ricardo hebb ik 't noch hatt, dat weet ik genau. Wat ik dor noch mol weller hingohn do? In teihn Minuten wüllt wi ober doch mit 'n Damper föhren!«

De Petersillen weern mi verhogelt. De Damperfohrt kunn mienwegen utfallen. De schönen Hüüs ut de Weser-Renaissance intresseren mi nich för fief Pennen, un verleevt weer ik eerstrecht nich mehr. Trurig stünn ik in de Iesdeel an 'n Tresen un fröög, wat hier woll 'n gollen Armband funnen worrn weer. Ricardo oder Benito oder wo de smucke Jungkeerl ut Italien heten hett, verstünn

mi nich so recht. Ik wies op mienen Arm un sä wat von »weg« oder »futschicado«, ober he tuck blot mit de Schullern. »Dor an 'n Disch hebb ik seten un Ies eten. Un do harr ik mien Armband noch.«
De Servierererin kreeg Wind von de Sook. Se kunn sik schients noch besinnen op mi oder op mienen Heinrich, ik weet nich. Se güng mit mi no den Disch röber, wo nu een Domen-Club sitten dä, de schients op 'n Utflug weer in de Röttenfänger-Stadt Hameln.
»Ik hebb mien lütt gollen Armband verloren. Hier, an dissen Disch hebb ik vör 'n dreeviddel Stünn seten. Do harr 'k dat noch.« –
»Haben Sie gesehen der Armband?«, hook de junge Italienerin no. Ik wull al op 'n Hacken ümdreihen. Weer doch gor nich an to dinken, dat so 'n lütt Armband an 'n langen Sünnobend in de Footgängerstroot von Hameln mit so veel Minschen weller vörtüüch komen kunn. Maleev nich wöör ik dat wellerkriegen. Mien Heinrich harr Recht. Un de verleevten Doog weern in de Grind …
Do stell mit'nmol de een Fro, de nu op »mienen« Platz sitten dä, ehr Handtasch batz op 'n Schoot, töög ohn Fiesematenten den Rietversluss von de Handtasch op, hool ehr Portmonnei dor rut, knips dat Portmonnei op, un vörtüüch kööm twüschen spitze Fingern mien gollen Armband!
»Dat höört mi to!«, schööt dat ut mi rut.
Juchheien harr ik kunnt. Man ik weer mi in dissen Momang nich seker: Weer dat nu 'n Droom oder beleev ik dat hier an 'n lebennigen Lief? De Fro

lang mi dat Armband röber, knips ehr Portmonnei weller dicht, steek dat weller in de Tasch un töög den Rietversluss weller to. Se harr woll keen Wohl, wenn se nich in een slecht Licht stohn wull bi ehre Fründinnen.

»Verleevte Doog in Hameln«: De ganze Stadt harr ik ümarmen kunnt! Ober dat geiht jo nich. Ümarmen kannst du blot Minschen.

Navigatschoon

Erwin hett so 'n Dings in sienen Mercedes. Jürgen hett so 'n Dings in sienen Porsche. Bi Korl Meyer kannst du di so 'n Dings utlehnen. Un wat weet ik, wokeen anners noch 'n Navigatschoons-Apparoot hett.
Bruken kunn ik dat männichmol uk. Mien Gott, wat hebb ik domols sweet, as ik dat Dörpgemeenschaftshuus in Ohrensmoor nich finnen kunn. Harr nich veel an fehlt un ik weer to loot komen! Oder letz in Kutenholt, as ik den Klockentoorn narms sehn kunn un nich wüss, wo ik hin schull.
Navigatschoon funkschoneert öber Satelliten, un op 'n lüttjen Bildschirm in 't Auto kannst du aflesen, woneem du langsföhren musst. In welke Apparoten is sogor een Stimm mit binnen, de den Weg anseggen deit. Ünnerwegens anholen un no 'n Weg frogen, de Tieden hebbt wi hatt.
Annerletz schullen wi Besöök kriegen ut Hamborg. Vörsichtshalber harr ik jem an 't Telefon al verklookfiedelt, woneem wi wohnen doot. Mien Besöök weer denn ober doch 'n dreeviddel Stünn to fröh ankomen un is noch mol ganz sinnig dör Wischhoben juckelt: no de Huuk, no de Elv un no de Fähr. Un amenn pass mien Wegbeschriebung achtern un vörn nich mehr.
Nu sünd de Hambörger ober jo nich bang. Mien

Madamm ohn Navigatschoon hööl eenfach op 'n Parkstriepen an, kurbel de Schief rünner, un dor stünn Bertha. »Hummel! Hummel!«, rööp Bertha un strohl över beide Backen. Dat »HH« op dat Nummernschild weer ehr doch glieks in 't Oog sprungen, wo Bertha doch ut Hamborg stammen dä. Wat se ehr villicht seggen kunn, woneem de Swulkenweg is, fröög mien Besöök. Jo, doch! Dat kunn se! Dor wohnt doch ehr Söhn! Een von ehr Kinner wohnt dor. Un se is al över achtzig, is se. – Jo, wat se denn villicht mol eben seggen müch, wo de Swulkenweg is? – Jo! Wenn 't wieter nix weer. Dat kunn se ehr klipp un kloor, kunn se ehr dat ut'nannerklamüüstern: De neegste, nee, gor nich wohr, de överneegste Stroot rechts af in de Moorchaussee un denn de eerste nich, ober de twete Stroot links, dat is de Swulkenweg.
»Velen Dank uk!« Mien Madamm kurbel de Schief weller hooch un wünk Bertha noch eenmol fründlich to.
Unvermodens klopp Bertha gegen de Schief. »No wat för Lüüd wüllt Se denn hin?« Halben Kroom, dor is Bertha nich för. Nu wull se 't uk genau weten. Mit Neeschier, dor hett dat nix mit to doon. »Ik will no Fro Fedderke«, geev mien Besöök to Antwoort. Un Bertha nickköpp. »In Ornung«, sä se, »dat is in Ornung! Hummel! Hummel!« Geiht doch nix över de Navigatschoon von Minsch to Minsch.

Wöör mookt nich satt

Wi weern woll dree Stünnen dör de Stadt lopen. Nu wullen wi bi Karstadt in de Mönckeberg-Stroot wat to Middag eten. Wi harrn Smacht, harrn wi.
Smecken dä dat Eten schöön – so as jümmer.
Arfensupp harrn wi uns ditmol utsöcht. Önnig so ’n Kumm vull Arfensupp mit Fleesch un Wust binnen. Dat smeck wunnerbor.
Ik harr den Keerl gor nich komen sehn. Mit’nmol hööl he mi sien Hand hin mit twee oder dree Twintig-Cent-Stücken. Een Beddelmann keek mi ut grote Ogen an, sludderig un schietig, mit Blosen in ’n Gesicht un rode Plackens. Sien Tähnen harr he uk nich all mehr. Ik verjoog mi.
»Kunnen Se mi villicht noch ’n beten Lüttgeld togeben, dormit ik mi uk wat to eten köpen kann?«, güng he uns an.
Wat weer dat nu? Buten op de Stroot harrn wi woll al männichenen Beddelmann sehn, man hier binnen in ’t Restaurant? Kunn de uns nich in Freden de Arfensupp eten loten? »Beten Lüttgeld …«, geev he dat Beddeln nich op. Na, dach ik, för twintig Cent oder sösstig oder enen Euro kriggst du ober uk noch keen Middageten bi Karstadt. He harr dat teemlich hild. »Normol dröff ik hier nich rin, mi hebbt se Huusverbot opdrückt«, sä he gau.

»Na, denn loot Se sik man nich footkriegen ...«, rüüsch mi dat rut. Wi kregen dat Portmonnei jümmer noch nich ut de Tasch.
Kunn de Keerl uns nich in Freden eten loten?
Jümmer disse Beddelee. Un dat noch bi Disch. De Keerl harr schients uk Hunger. He wull nich mit uns snacken, he wull beten Lüttgeld von uns un wieter nix. Wöör mookt nich satt.
»Möögt ji an 'n Dag von 't Jüngste Gericht no de Höll föhren!«, blaff he uns böös an un schees wieter von Disch to Disch. De annern Lüüd schüddköppen man blot.
Dor seten wi nu mit uns Arfensupp un 'n mulmig Geföhl. No de Höll wünsch he uns. Dor kunn he uns nu jo jüst nich bang mit moken. No de Höll koomt wi nich, dat steiht fast. Man wenn wi mol weller in Hamborg ünnerwegens sünd, poor lose Cent steek ik mi in de Tasch. Beter is dat.

Lengen

Nehm mi in ’n Arm,
man drück mi nich to dull.

Geev mi Warms,
ober loot mi uk freren,
dormit mi no dien Warms
verlangen deit.

Hool mi fast,
wenn ik di bruken do,
un loot mi los,
wenn ik
alleen gohn kann.

Nehm mi in ’n Arm,
wenn du mi leev hest,
un ik warr di
Warms un Leev
trüchgeben.

De Klassenreis

»Hebb ik di dat nich seggt? Loot den Jung to Huus, de is noch to lütt! Ober he müss jo opsluuts mit. Nu sühst du, wat dor bi rutkummt!« Jümmer müss Vadder schimpen. Mudder sehg elennig ut in Swatt. Keen Dag vergüng ohn Striet un Larm. Sogor nu, op Oma ehr Beerdigung, kunnen de Öllern nich Freden holen.

Jan lööt den Kopp hangen. Harr he man 'n Taschendook! Heemlich wisch he sik mit 'n Ärmel de Nees. Se seten in de eerste Reeg in de ole Kark. Af un an plier he no vörn, wo de Sarg stünn. Dor schull Oma nu in liggen. Dör dat hoge Karkenfinster schien de Sünn op rode Nelken. Een Truurkranz mit 'n swatte Sleep leeg vör den Sarg: »In Liebe – Klaus, Jana, Christina, Hauke und Jan«. Jan töög sienen Snapp hooch un müss slucken: »In Liebe – Jan«.

Jo, jo, is würklich wohr! Jan harr sien Oma leev, ganz dull sogor. Jüst dorüm kunn he doch öber Oma ehren Doot nich öberwegkomen. Wenn he dat ohnt harr! Jonas sien Oma is veel öller un leevt uk noch! De Orgel füng an to spelen.

Mudder ween uk. Wo lang so 'n Predigt woll duurn dä? He kunn un kunn 't nich mehr utholen.

Güstern sünd se wellerkomen ut de Lüünborger Heid. Nich uttodinken, wenn em disse schöne

Klassenreis ut de Nees gohn weer! »Keen Geld!« Anners kunn Vadder domols nix seggen. »Keen Geld! Keen Geld!« – »Jümmer datsülbe! Jonas sien Vadder, de hett Geld. Dat süht 'n al an den groten Mercedes, wo Jonas männichmol mit afhoolt ward von de School. Un wi hebbt jümmer nix«, dach Jan vergrellt.
De Schoolmester wüss Bescheed, dat de Gemeen in 'n besünnern Fall de Kösten för een Klassenfohrt öbernehmen wöör. Denn müssen de Öllern 'n Andrag stellen. Vadder kunn Papierkroom man op 'n Doot nich af. »Beddeln doot wi nich!», sä he basch. »Denn blifft de Jung eben to Huus.« Wenn Vadder doch blot dat verdammte Supen noloten dä!
Jan kunn sik disse Reis nich ut 'n Kopp slogen. Wat harr jem de Schoolmester al allens öber de Lüünborger Heid vertellt! Heidsnucken schull dat dor geben. Dör den Dodengrund wullen se wannern un den Tierpark in Nindörp besöken. Op de Kutschfohrt dör de Heid freu he sik unbannig. Un all de Wannerleder, de se in de School butenkopps lehren müssen, schullen de för de Katt ween?
Den Breef, den de Schoolmester jem mit no Huus geben dä, müssen Mudder oder Vadder ünnerschrieben. Annern Dag wull de Schoolmester den Breef wellerhebben. Mudder ehr Ünnerschrift sehg nich veel anners ut as Jan sien. He wull Mudder dor gor nich mit quälen. Wenn se Vadder noch mol angohn dä wegen dat Geld, wöör de weller unklook spelen. Dor kunnst op af.

Een Johr lang sporen de Kinner op disse Klassenreis. Kinner mööt uk dat Sporen lehren!
»De wat spoort, de wat hett!«, sä de Schoolmester jümmer. Moond för Moond bröchen se teihn Mark mit no School, Jan uk.
Oma sä jümmer, se weer tofreden. Wat bruuk se denn noch veel? Se kunn sik satt eten un harr dat schöön warm in de Stuuv. Ehr Klederschapp weer so vull, de Kledoosch reck mit ehr ut. In 'n Urlaub föhr se uk nich. Blot af un an güng se mol op Bodderfohrt. De köst meist nix, sä Oma. De Rent weer man lütt, ober se kööm dor goot mit langs. Och jo, se weer tofreden.
Oma harr Geld! Woneem ehr Portmonnei liggen dä, dat harr Jan lang spitzkregen. Wenn he den Kökenstohl an 'n Heerd ranschuben dä, kunn he jüst eben anrecken an 't böberste Kökenschapp. Teihn Mark bruuk he, eenmol in 'n Moond. Oma wull wat ut de Stuuv holen. Nu wöör 't Tiet!
De Jung lööt sik nix marken. Mit 'n Smuustergrienen keek Oma rin de Köök. »Na, mien Lütten, wat hebb ik woll för di? Dreemol dröffst du roden!« Ehre Hannen hööl se op 'n Rüch. »Na, wat meenst?« Jan wüss jo, wat he roden schull. Oma köff jümmer datsülbe.
»Kinnerschokolood!«, sä he gau. Un Oma strohl öber beide Backen. Wo klook de Jung doch weer! De Lütt keek jo jümmer mol bi ehr in. De Groten hebbt all keen Tiet! Keeneen intresseer sik för ehre Wehdoog. Schull se doch no 'n Dokter gohn un goot. Un wo geern vertell se mol wat ut ole Tie-

den! Jan, de höör ehr to. Nee, Jan weer 'n ganzen lütten Schönen, weer dat.
Wokeen de Klassenreis betohl, dor snack nüms mehr von. Vadder meen, de Schoolmester ward sik dat Geld bi de Gemeen afhoolt hebben. Wat güng em dat an? He harr den Andrag nich stellt. Un de Schoolmester dach, no den Huusbesöök domols hebbt sik Jan sien Öllern dor doch woll op besunnen un geevt den Jung dat Geld. Jan betohl jümmer to rechte Tiet.
»Nu höör op to hulen!«, stött Vadder em gluupsch an. »Wat schüllt de Lüüd dinken!« Jan kunn sik jüst noch bremsen. »Is mi schietegol!«, dach he bi sik.
Güstern Nomiddag weern se von Undeloh trüchkomen. Glieks wull Jan no Oma hinlopen un ehr vertellen, wat se in de Heid allens beleevt harrn. För de fief Mark, de se em schenkt harr, hett Jan ehr 'n lüttjen Heidkorf ut Wilsede mitbröcht.
»Dat Geld weer blot utlehnt, Oma! Klauen do ik nich! Dat musst du mi glöben! Wenn ik groot bün, will ik bi de Spoorkass arbeiden. Denn verdeen ik so veel Geld as Jonas sien Vadder. Un denn betohl ik di allens trüch, Oma! Verreisen is so schöön. Jonas is letz Johr mit sien Öllern op Gran Canaria ween. Dor will ik uk mol hin, wenn ik groot bün. Un ik bring di uk ganz wat Schööns mit, Oma ...«
»Stoh op!« Mudder nöhm Jan an de Hand. De Truurfier weer to Enn. Veer grote Keerls mit swatte Mantels schuben den Sarg mit de roden

Nelken vörsichtig ut de Karkendöör rut. De Pastoor güng bedächtig achteran. Vadder, Mudder, Jan un de annern Truurgäst folgen. Liesen lang Jan in sien Jackentasch, reet sik för 'n Ogenblick von Mudder los un pack wat op den swatten Wogen blangen Oma ehren Sarg. Wat se sik woll noch över den lüttjen Heidkorf freuen kunn?

Geneet de Sünn!

Se is Huusfro! Se hett dat goot! Meike kann doon un loten, wat se will. Man wat weer ehr doch von lütt op an intrichtert worrn? »Eerst de Arbeit, denn dat Vergnögen!«

Ines mookt hüüt een grote Radtuur mit de Schoolklass. Güstern harr se al 'n Zeddel in de Köök packt. Se bruukt: Brootwust, Marmelood, Heetwecken un Saft. Meike mutt nu gau noch eben no de Post un Breefmarken holen. »Geneet de Sünn!« He meen dat goot mit ehr, de Keerl, de dat vonmorgen in de Post to ehr seggen dä. Geneet de Sünn! – Doch, se will 't versöken, de Sünn to geneten, wo se bi all den Regen so 'n Lengen no hatt harr.

Denn föhrt se gau noch eben no 'n Bäcker vonwegen de Heetwecken un no de Aftheek. Se harrn güstern keen Müggensalv mehr in 'n Huus, un Krischan, de kann doch nich in 'n Sloop komen, wenn dor noch wat summen deit oder wenn em womööglich wat steken hett.

Meike hangt de drütte Partie Wäsch an de Lien un schrubbt Ines ehr griesen Turnschoh weller witt. Bi dat feine Weller köönt de hüüt jo wunnerbor drögen. För den Middagsnodisch plückt se gau een poor Eerdbeeren von 't Goornland un nimmt uk glieks noch 'n Kopp Salot mit. Twee Hemden warrt gau noch eben von Hand utwuschen. Nu

mutt blot noch dat Middageten kookt warrn. Nudeloploop schall 't geben, dat möögt se jo all geern. Koppsalot anstatts Tomatensooß, dat is mol een annere Variante. Se köönt al viddel no twölf to Middag eten. Dat ward een herrlichen Nomiddag warrn mit veel Sünn … Ogottogottogott! De Nudeloploop is in de Mitt noch nich goor, un Vadder Jochen un Kristian mookt lange Gesichter.
»Un wo is de Tomatensooß?«
»Hüüt gifft 't statts Tomatensooß mol Salot, frisch von 't Goornland!«
»Nudeloploop ohn Tomatensooß is as Bodderkoken ohn Zucker!«
Also mutt de Nudeloploop noch mol weller rin in den Backoben, un Meike kookt noch gau eben Tomatensooß. Dat schall doch 'n schönen Sünnendag warrn!
Dat Eten smeckt lecker. Krischi verzicht op Vanillje-Pudding mit Eerdbeeren, denn bi so 'n fein Weller kann he nich 'n Ogenblick länger op 'n Stohl sitten.
Schöddeln waschen un lüttje, korte Middagsstünn no so veel Renneree vonmorgen. Meike geiht in de Stuuv, wiel se »een Minuut« Roh hebben will, as se jümmer seggt.
Krischi kummt mit sien Kumpel Maxi op 'n Hoff. Se wüllt spelen. De Stubendöör gnarrt. Krischi kickt üm de Eck: »Mami, wo sünd mien Medalljen?«
»Musst du dat jüst nu frogen?«
Meike dusselt weller in.

»Mami, wo is mien …?«
»Ruut!!!«
»Kumm, wi speelt solang Indiaka, höört Meike ehren Kristian seggen. Middewiel is Dennis wellerkomen. De Jungs verhannelt direktemang ünner 't Stubenfinster.
»Dennis, wullt du noher mitmoken bi 't Nattsprütten?« Dor nehmt se den Goornslauch to un mookt jüst weller so 'n Krakeel as güstern.
»Wann denn?«, froogt Dennis. »Klock dree, wenn mien Mudder utslopen hett!«, gifft Krischan em Bescheed. Meike protesteert bi sik: Ik sloop niemols bit Klock dree!
»Woso«, seggt Dennis, »will se mitmoken?«
De Klock is twintig Minuten vör twee. Keen Oog hett Meike dichtkregen. Opstohn! Ines kummt von de School. Mudder sett sik bi ehr an 'n Kökendisch. Se bruukt dat nich, se schall dat nich, man se deit dat doch. Wokeen itt al geern so ganz alleen. An de Lien sünd de dree Partien Wäsch al dröög. Meike bringt de Soken in de Waschköök, packt de T-Shirts glatt tosomen, sorteert de Söcken, twee fehlt al weller. Disse Waschmaschien fritt Söcken! Anners kann 't meist nich angohn. Dat Plätten hett Tiet bit morgen. Nu man nich so nödelig! Se will doch noch de Sünn geneten.
»Mami, drööft wi dat Planschbecken opboen?« Dennis is weg. Dorför is Maxi nu dor. »Jo, mienwegen.« Den Slauch will Meike ober lever sübbst ansluten, anners kunn de Garoosch weller ünner Woter stohn, so as eenmol uk.

Krischi un Maxi sünd nu för vull mit Oppumpen von den Swümmingpool ingang. Twüschendör warrt noch Sascha, Dennis un Rainer afblockt. So 'n Planschbecken tütt jo bekanntlich Kinner an as Bodderkoken de Wöpschen.
Spöölmaschien utrümen, Ines ehr Geschirr weller rinpacken, bald hett Meike 't schafft. Ines bruukt blot noch 'n lüttje Doos mit Kirschmarmelood un een Folie för ehren Sloopsack. Dat dat in de Nacht klamm warrn deit in 't Telt, antonehmen is dat jo.
Twee schöne Schieben frischet Fienbroot un ieskolen Saft müch se noch mitnehmen. Un de Boodantog hett noch twee Löcker.
»Mami, wi bruukt nu hitt Woter för dat Planschbecken!« Een Larm is dor buten, as weer een ganze Schoolklass to Besöök. 't hannelt sik ober man blot üm Krischi un Maxi.
Kaffeetiet. Maxi is noch dor. Vadder Jochen is lang weller no de School hinföhrt.
Zensurenkonferenz. Bi so 'n fein Weller!
De Kinner drinkt Himbeersaft, jeder kriggt een schöne ooltmoodsche »Snick« mit Krinthen von 'n Bäcker, un Meike kriggt ne'en Swung von twee Tassen Kaffee – wunnerbor.
»Mami, drööft wi noch een Ies?«
»Mienwegen.«
So, nu glieks de Löcker in 'n Boodantog toneihen, Ines will halbig fief los. Is de Neihkassen eenmol in Bedrief, kann Meike uk jo eben gau noch dat Gummiband weller rinmoken in dat Spannbettloken. Dinken un doon is dicht bi'nanner. Dat

Gummi is al half rüm üm dat Loken, zack!, rüüscht dat ut de Nodel rut! Also geiht de Prozeduur von frischen los. De twete Tuur klappt. Dat Loken is weller heel. Wat liggt dor denn noch? Jochen sien Pyjama. Jochen hett seggt, dat Gummiband is veel to wiet. Dat höllt öberhaupt nich mehr. Utleiert is dat, jowoll! Dink jo nich, dat sien Buuk dünner worrn is. Wat Meike dat mol önnig stramm moken schull? Se is jo nich so …
Nu mööt blot noch de witten Söcken un dat T-Shirt heelmookt warrn. So! Dat weer schafft!
»Mami, de Klock is halbig fief!«
»Jo, ik koom!« Den ganzen Kroomsticken hett Ines alleen op ehr Fohrrad bunnen. Mit veerteihn Johren is de Minsch doch woll sübbststännig! Telt, Sloopsack, Proviant … Meike kickt sik dat an, allens wackelt teemlich. Un de Brootwust un dat Broot un allens in de Tasch ward jo so quetscht! Wo schood … Se tütert allens noch wat strammer fast, un de Brootwust kriggt nu eerst önnig Druck. Wegrüüschen kann ober nix mehr.
»Gode Fohrt! Veel Spooß! Bit morgen!«
Meike geiht no de Terrass, wo dat Kaffeegeschirr noch op 'n Disch steiht, rüümt af, rüümt in de Spöölmaschien rin, rüümt noch 'n poor Soken an jemehren Platz. Dat is viddel no fief.
Dat Planschbecken hangt middewiel an de Wäschespinn to 'n Drögen. De Slauch is akroot weller oprullt. Ganz schöön plietsch, disse beiden Jungs.
»Mami, drööft wi uns mit den Slauch noch mol afsprütten?«

»Nee! Nu will ik mol fief Minuten mien Roh hebben!«
Dat Stoder Dagblatt liggt noch dor, wo Jochen dat liggen loten hett. Meike will eerstmol in 't Blatt kieken, ehrder dat se de Sünn geneten müch. Anners weet se amenn jo weller nix af von de Doden un von de Lebennigen. Dat Thermometer wiest op achtundörtig Grood! Achter 'n Sünnschirm is 't uttoholen. Meike leest. Un mit'nmol kummt ehr bi 't Lesen een Infall. Se hoolt sik 'n Schrievblock un 'n Kugelschrieber un schrifft, bringt allens to Papier öber dissen herrlichen Sommersünnendag. Un se schrifft un schrifft un kann gor nich mehr ophören to schrieben.
De Nober meiht Rosen, kloppt wat ut. Enerwo bellt Hunnen, schreet Kinner, rattert 'n Moped, rötert 'n Rosenmeiher – ditmol is dat 'n annern – homert un kloppt dat. Un wenn 't mol still is, zwitschert un zwatschert de Vogels vull Freud öber dissen herrlichen Dag.
Maxi is nich mehr dor. Man nu fuchtelt Krischan mit Willi un André un Goornslauch vör Meike ehr Nees rüm. Se sprütt sik also doch noch mol natt. Na, loot jem. De Larm is uttoholen.
Klock söben. Meike sitt noch jümmer achter 'n Sünnschirm op de Terrass un is an 't Schrieben. De Zensurenkonferenz is to Enn.
»Mien Schatz, büst du woll so nett un tippst mi noch wat? Ik bruuk dat morgen ganz nootwennig!«
»Mami, wann gifft 't Obendbroot?«

»Wenn ik mit dissen herrlichen Sommerdags-Bericht trecht bün!«
»Mami, wüllt wi hüüt Obend grillen? Oder Pommes oder so? Wannehr eet wi wat?«
De Klock is halbig acht. Meike is trecht mit Schrieben. Wenn ehr Jochen nu glieks bi 't Obendbroot frogen deit, wat se denn hüüt Schööns mookt hett an dissen herrlichen Dag, wo he doch dat Leit harr bi de Konferenz in de School, wat schull se dor denn blot seggen? Jo, wat harr Meike hüüt egentlich mookt? Un worüm hett se sik nich den Liggstohl snappt un een Book un sik dat goot gohn loten in de Sünn? Weer dat nich all ehr Lengen ween no den langen, kolen Winter un an all de osigen Regendoog?
Flünken harr se hüüt hatt, an dissen herrlichen Sommersünnendag, Flünken bi de Arbeit. Dor kreeg se för 't Vergnögen leider Gotts keen Been mehr an disse wunnerschöne Eer.

Klockentieden

Nu sünd wi jo al wiet öber de Sülberhochtiet weg, mien Heinrich un ik, un jeder hett so sien Opgoben in un üm ’t Huus. Dat is goot so, dat is schöön, un dat funkschoneert ohn Wöör. So uk dat Ümstellen von Sommertiet op Wintertiet un von Wintertiet op Sommertiet. Un dat mookt mien Heinrich.

»Hest du de Klock al een Stünn vörstellt?«, froogt he mi den Obend vörher al. Ik segg denn: »Nu noch nich! Ümstellt ward eerst hüüt Nacht Klock twee. Un bit morgen fröh blifft de Radiowecker so.«

In Vörjohr un Harvst, also tweemol in ’t Johr, löppt de Prozeduur af. Un mit »Nu noch nich!« fangt de an, de Prozeduur. Eenzigst oppassen mutt mien Heinrich, dat he de Klocken vör- un nich trüchstellt un dat annermol trüch- un nich vörstellt. Un denn geiht he op Tuur dör ’t ganze Huus.

De Klock in de Boodstuuv kummt as eerste ran. De mutt eben von de Wand, achtern mutt de Deckel opdreiht warrn, denn sünd dor so lüttje Rööd, un mit dat ene Rad ward de Klockentiet instellt. Dat is eenfach to.

De neegste Klock sitt an ’n Kökenheerd. Dor is so ’n lütten Nippel, de mutt ’n beten vörtrocken un in

de richtige Richt dreiht warrn, weller losloten, trecht is dat.
Neegste Statschoon is de Stuuv. Uns schöne Messingklock mit dat Pennel, dat sik dreiht ohn Rast un Roh, links rüm un rechts rüm, Dag un Nacht, ohn Rast un Roh, mutt nu för 'n Ogenblick stillholen. De Huuv ut Plexiglas kannst eenfach so hoochnehmen un denn mit de Schruuv de Klockentiet instellen, jüst so as bi de Boodstubenklock. Dat Pennel bruukt 'n lütten Answung un dreiht sik weller in sienen Rhythmus. De Deckel kummt dor noch röber, un de Klock steiht weller op 't Schapp. Kannst seggen: Een Kinnerspeel is dat mit disse Klock, besünners för so 'ne Lüüd, de mit de Technik nich veel an 'n Hoot hebbt.
De Armbandklocken kann uk jedereen sübbst ümstellen: Nippel vörtrecken, Tiet instellen, Nippel weller rindrücken.
So, wo is nu noch een Klock? Jo, richtig: de Radiowecker in de Sloopkomer. Dat mookt wi nu gemeensom un nehmt dat lüttje Heft mit de Bedenungsanleitung dorbi to Hölp. Mien Heinrich leest vör: Drück op »Time Set« un so lang fastholen, bit de richtige Klockentiet instellt is. Achtung! Wenn nich oppassen deist, flutscht de Tohlen jüst eben to wiet un du musst noch mol von vörn anfangen. Trüchstellen geiht nich, de Tohlen loopt blot vörwarts. Ik glööv, in enen Dörloop is mi dat nich eenmol glückt. »Du büst uk gor nich bi de Sook!«, krieg ik denn meisttiets to hören.
In 'n Huus hebbt wi nu woll bilütten all de Klo-

cken foot hatt. Nu geiht dat wieter mit Heinrich sien Auto. Wi nehmt uns den Dag mit de Klockentietümstelleree anners nich veel vör, un so koomt wi uk nich in Bredullje. Mien Heinrich kriggt weller dat Heft her mit de Anwiesen, un nu kann 't losgohn: Knoop no links dreihen, fastholen, töben, Stünnen dörlopen loten, bit de richtige kummt. Pass op! Gau weller losloten is wichtig, anners geiht di dat so as mit den Radiowecker. Fehlt noch de Minuten. För 't Instellen von de Minuten mutt de Knoop no rechts dreiht warrn un desülbige Prozeduur as bi de Stünnen kummt nu. Trecht! Wenn wi nu hüüt an 'n Sünndag noch mit 'n Auto utföhren wüllt no Kruutsand oder no 'n Dobrock, denn stimmt tominnst de Klockentiet.
Mien lütt Auto hett natüürlich uk een Klock un een Bedenungsheft. De böberste Knoop mit dat Teken för de Klock mutt drückt warrn, un denn musst du den ünnern Knoop so lang fastholen, bit de richtige Ziffer dor steiht. Denn foorts losloten! Nu mutt noch mol boben drückt warrn un op de glieke Tuur warrt de Minuten instellt. –
Denn is uk bilütten Middag. Besünners denn, wenn de Klocken all een Stünn vörstellt warrn mööt. Mien Heinrich is dor nu mit dör, dücht em doch. Man mi dücht, dor is noch recht 'n beten wat no för hüüt Nomiddag.
De Anroopbeantworter wiest noch de ole Klockentiet vör. De Bedenungsanleitung liggt in de Schuuf un is gau to Hand. Eerst drückst du op den Knoop, denn stellst du de Tiet in – un so geiht dat

wieter. Uk de Videorecorder hett een Digitaal-Klock. De Ziffern lücht bi Dag un bi Nacht. Also, dat kann so nich blieben, anners koomt wi noch dör 'n Tüdel mit de Klockentiet. Foken bruukt wi den Videorecorder nich. De mehrste Tiet bruukt wi em to 't Ümstellen von Winter- op Sommertiet oder annersrüm.

Männichmol hebbt wi dor uk al de Wut bi kregen. Schiet Technik! Wenn du ober mol wat opteken wullt ut 'n Feernsehn un de Tohlen von dat »ShowView« intippen deist, un wenn denn de Klockentiet nich stimmt – denn hest du womöög-lich statts den Kultuurfilm ut Kasachstan Korl Moik op 'n Videofilm. Un dat is denn uk weller ar-gerlich. Würklich wohr!

De Computer hett natüürlich uk een Klock. De to stellen, is nu mien Opgoov. Man dat is een Thema för 'n annermol. Mit de Klocken sünd wi denn nu woll würklich dör.

Ogottogott! De Heizung! De Klock an de Hei-zung mutt jo noch vör (oder trüch) stellt warrn. Anners fangt de Heizung to fröh oder to loot an to böten. Wo du nich allerwo an dinken musst!

Mitünner froog ik mi, wo veel von mien Lebenstiet nu al mit dat Ümstellen von Klockentieden ver-oost worrn is!

Mien Armbandklocken in de Smuck-Schatull goht uk jo noch no de ole Tiet! Ober dat krieg ik ohn Bedenungsanwiesen hin.

Nu sünd wi siet vergangen Johr ober al enen Schritt wieter. För de Sloopstuuv hebbt wi uns 'n

Radiowecker köfft, de von 'n Satelliten stüürt ward. Merrn in de Nacht – Punkt Klock twee kriggt de von den Satelliten den Opdrag, sik üm een Stünn vör (oder trüch) to stellen. Un wenn wi opwoken doot, is Sommertiet (oder Wintertiet) op de Sekunn genau, un wi bruukt blot noch to rechten Tiet opstohn.
Ik hebb för uns nu mol een lange List mookt von all uns Klocken. Disse List köönt wi denn Johr för Johr in 't Vörjohr un in 'n Harvst afarbeiden, schöön no de Reeg. Dat is een grote Hölp, wenn 'n öller warrn deit.
Ober villicht sleit dor jo Glück to. Villicht gifft 't in een poor Johren blot noch ganze vigeliensche Klocken, un de goht denn eenzigst un alleen no 'n Moond!

Lever Karkhoffsdeef!

Nee, nee, nu reeg di man nich glieks op vonwegen de Anreed! Ik meen jo gor nich, dat du den ganzen Karkhoff klaut hest. Blot so 'n poor Soken …
Amenn hest du de Hark uk gor nich klaut, sünnern wullst man blot bi dien Leven de Graffsteed schier moken mit mien Hark. Man segg doch sübbst: Wenn du de Hark nich beholen hest, worüm hest du ehr denn nich weller trüchpackt an ehren Platz? Ik hebb dor doch gor nix gegen, wenn du mien Hark utlehnen deist. Man Wellersehn mookt Freud!
Un wat meenst du woll, wodennig du di argern wöörst, wenn dien Hark mit'nmol verswunnen weer! Een ne'e Hark kann ik mi woll köpen, man de Arger, dat du eenfach hingohn büst un mi mien schöne ole Karkhoffshark klaut hest, is dor noch lang nich mit ut de Welt.
Un nu segg nich, du weerst dat gor nich! Ik bidd di schöön. Sünd dat villicht de Kaninken ween? De Kaninken freet mitünner de leckern Blomen af. Oder se kleit in de Eer rüm, üm an de Woddeln rantokomen, dat dat man so stuven deit.
Dor geev ik di Recht: Dat is uk nich schöön. Man so 'n Kaninken is een Deert, dat leevt no sienen Instinkt, un du, du büst een Minsch, de een Geweten

hebben schull. Hest du nich mitünner een bannig slecht Geweten?
To 'n Bispeel, as du mien leve Oma de roden Wiehnachtsnelken von de Graffsteed klaut hest? Domols kööm ik vull in de Brass, dat kannst mi glöben. Uns Wiehnachtsstruuß för uns Leven ... Ohn Froog: Diene Leven hebbt em jüst so verdeent. Man harrst du de poor Euro nich uk in dien Portmonnei hatt, üm een poor Blomen to köpen? Den Weg no 'n Goorner musst du al sübbst moken. Mutt ik jo uk! – Also, dat mook nich noch mol!
Un – nu mol Hand op 't Hart – glöövst du denn, dat markt doch nüms, wenn du di dat so komodig mookst as »Karkhoffsdeef«? Hest du nie nich dat Geföhl hatt, dor kunn doch een tokieken? Von boben villicht? Dink mol no!
Lever Karkhoffsdeef, liekers mi dat nich so ganz licht fallen deit: Ik vergeev di. Un ik wünsch di gode Beterung! Mit fründlich Grötens!

Dat Märken von dat lüttje Wiehnachtslederheft

Do leev eenmol een Fro, de harr jümmerto wat to kriegen. An allens mecker se rüm. Dit weer ehr nich no de Mütz un dat weer ehr nich goot noog. Jümmer harr se wat to kritiseren. Un so müch se uk nich de Wiehnachtsledertexten lieden, de bi de grote Olenwiehnachtsfier in 't Dörpsgasthuus op de Dischen legen.
»Dor stiggt jo keen Minsch dör«, sä se. »Ik schriev de mol nee.« Do weer 't Januar.
As se anfüng to schrieben, mark se ober gau, dat dor doch Tiet op hin geiht, wenn 'n Wiehnachtsledertexten schöön un översichtlich schrieben will, de för ole Lüüd goot to lesen sünd. Un denn harr se dor uk al keen Lust mehr to.
Dor geev dat ober een Chor-Dirigentin in datsülbige Dörp, de wull woll geern bi 't Afschrieben von de Texten hölpen. Leider Gotts wöör dor amenn ober luter Mischmasch bi rutkomen un dat wöör villicht uk nich jüst beter utsehn. Un dat wull de Fro, de jümmer wat to kriegen harr, uk nich.
Do fröög de Fro den Direktor von de Gemeen, wat de Gemeen un de Karkengemeen un dat Rode Krüüz mitünner mithölpen kunnen, för de leven olen Minschen to 'n eersten Mol mol Lederheften mit Wiehnachtsleder to köpen. Richtig to köpen in enen Bookloden. Un se, de Fro un de Chor-Diri-

gentin, se wöörn dit lüttje Book tohoop utsöken. Dat schull uk nich so düür warrn.
De Direktor von de Gemeen verwies op een Versammeln in 'n Februar, wo he dat Thema ansnacken un mit den Pastoorn un de Root-Krüüz-Fro bekokeln wull. De Fro, de jümmer wat to kriegen harr, tööv de Tiet af.
As de Februar al lang vörbi weer un de Versammeln uk, wull de Fro den Direktor von de Gemeen frogen, wat dor nu bi rutsuurt weer. Ober de Direktor von de Gemeen harr gor keen Tiet, un so snack de Fro blot mit den sien Sekretärin, de ehren Boos bestellen wull, dat de Fro anropen harr.
De Direktor von de Gemeen hett veel to bedinken. An Wiehnachtslederheften för de Olenwiehnachtsfier dach he nich.
Enen Dag weer de Fro mol mit ehr Fohrrad in 'n Dörpen ünnerwegens, as mit'nmol bi de Gemeen de Direktor ut sien Auto utstiegen dä un no de Gemeen hin wull. De Fro störk op em dool un wull nu endlich weten, wat se de Wiehnachtslederheften köpen dröff oder nich.
De Direktor von de Gemeen weer 'n goden Keerl. »Na kloor!«, sä he, dat kriegt wi hin. Bestellt Se man de Böker!«
Do güng de Fro froh un glücklich in enen Bökerloden un lööt sik een Utwohl von Wiehnachtslederheften mitgeben. De nöhm se denn mit no 'n Gesangvereen, un de Chor-Dirigentin kreeg den ganzen Backsmusenkroom mit no Huus.

De Gesangsfro harr 'n kloken Kopp. Ehr düchen all de Wiehnachtslederheften blööd. Nee, blööd nich, sünnern nich to bruken för jemehr Rebeet, denn dor stünnen to vele Wiehnachtsleder in, de in Kehdingen doch nüms kennen dä.

Do bröch de Fro de lütten Böker no den Bookloden weller hin. Se weer nu gor nich mehr froh. Un dat weer woll Juni.

In 'n Sommer dinkt keen Minsch an Wiehnachtsleder. Un de Fro, de jümmer wat to kriegen harr, uk nich. Man se weer nu tofreden, se harr sik Möh geben un kunn doch kenen betern Vörslag moken för de olen Lüüd. To un to schood weer dat, man wat nich geiht, mutt 'n sik ut 'n Kopp slogen.

Ober dor weer noch so 'n annere Fro, de wohn in een anner Dörp. Un disse Fro kunn jedeen Instrument spelen: Orgel, Flööt, Clavinova, Schipperklavier – allens eben. Un de kenn uk Noten!

Un de harr sogor Wiehnachtslederheften to Huus. Un disse Wiehnachtslederheften bröch se enen Obend mit to 'n Singen, üm de Fro, de jümmer so 'ne Grappen in 'n Kopp harr, de mol to wiesen.

Vull Freud söchen de Fro un de annere Fro un de Gesangsfro ut de ünnerscheedlichen Heften een ut un kömen öbereen, dit schull nu in den Bookloden bestellt warrn: een »Schneider«-Heft ut ole Tieden. Wunnerschöön! Dat weer 't! De Fro, de jümmer wat to kriegen harr, güng weller in den Bookloden un bestell dat Heftchen. Hunnertföfftig Stück, dorvon hunnert för de Gemeen un föfftig för den Gesangvereen. Beten wat von den Pries wöörn se jo woll afloten.

Dat Book wöör bestellt, hunnertföfftig Stück, een Week, denn kunn dat seker al afhoolt warrn. Man denn kööm rut, dat de Snieder-Verlag so 'ne olen Böker nich mehr op Loger harr un öberhaupt: Dat Wiehnachtslederheft weer utverköfft, al siet Johr un Dag!

De Fro ut dat annere Dörp weer klook. Se sä gau: »Nu loot man nich glieks den Kopp hangen. Mi dücht, dat gifft dor al een ne'e Oploog von.« Un so bestell de Fro de Neeoploog, wenn 't dat ole doch nich mehr geben dä – un tööv af. Amenn wöör se doch noch Land sehn!

Do rööp de Bökerloden bi de Fro an un sä, nu wöörn dor 'n poor Böker ankomen, man welket nu dat Nofolgeheft von dat ole Wiehnachtslederheft ween kunn, dat wüssen se in den Bökerloden uk nich.

Do schreev de Fro enen langen, fründlichen Breef an de Fro in dat annere Dörp, se schull doch bitte, bitte ehre Wiehnachtslederheften noch eenmol mitbringen un ehr seggen, welket nu dat Nofolgeheftchen weer.

De annere Fro weer gootmödig. Se bröch ehre Wiehnachtslederheften all weller mit un wüss nipp un nau: Dat hellblaue mit de lütten Engels – dat is dat!

De Fro, de jümmer wat to kriegen harr, weer heel froh. Se föhr weller no den Bökerloden un bestell dat hellblaue Heftchen, wo de lütten Engels op

weern. Hunnertföfftig Stück. Hunnert för de Gemeen un föfftig för den Gesangvereen. Twee enkelte Rekens, müch se doch bidden!
De Sommer, de keen Sommer weer, weer lang vörbi, do rööp de Bökerloden bi de Fro an un sä: »Deit uns Leed, man dat Wiehnachtslederheftchen, wo de lütten Engels op sünd, is vergrepen. Dat Ne'e! Jowoll! De Snieder-Verlag kann nich lebern.«
Do harr de Fro keen Lust mehr op Wiehnachtsledertexten. Un wenn de olen Lüüd so lang mit de slechten Texten utkomen weern, dennso wöörn se sik dor uk woll in Tokunft mit tofreden geben un de Wiehnachtsleder von afsingen könen: Se wüssen jo nich, dat dat betere geben dä ...
Do geev dat ober noch een lütt Heft von de Spoorkass mit Wiehnachtsleder, wat de Spoorkass de Kunnen mol schenkt harr to Wiehnachten – vör een poor Johren. Un mit dat Heftchen güng de Fro nu no de Spoorkass hin un fröög an, wat dat dit lüttje Wiehnachtslederheft noch geben dä – un se harr dor geern hunnertföfftig Stück von. De Spoorkass weer nett. Man dat lüttje Heft geev 't al lang nich mehr. Lang nich! Do fröög de Fro, wat 'n denn villicht dat Heftchen koperen kunn. De Spoorkass weer nett. Koperen, sään se, jo, mienwegen.
Do lööp de Fro den Gemeendirektor weller in de Mööt. De Gemeendirektor weer een goden Keerl. He sä: »Wi köönt jo bi de Gemeen dat Heftchen koperen.« Jowoll!
Man dat lüttje Heft weer doch man recht lütt un de

Druck al wat swack, un wo de Fro doch jümmer so veel to kriegen harr, düch ehr dat Wiehnachtslederheft von de Spoorkass denn doch gor nich so goot.
Wokeen sä denn öberhaupt, dat de Fro de Plicht un Schülligkeit harr, ne'e Wiehnachtslederheftchen för de Olenwiehnachtsfier to besorgen? Nüms!
Man de Fro kunn keen Roh finnen. Se schreev noch eenmol enen langen Breef an de Fro ut dat annere Dörp, wiel se sik nich mehr troon dä, bi de Fro antoropen, wiel de Keerl von de Fro doch Pastoor weer un wiel du Pastoren nich jümmer un jümmer mit Wiehnachtslederheftchen in de Ohren liggen dröffst.
De Fro, de jümmer wat to kriegen harr, güng de Musik-Fro an, nu ober to 'n letzten Mol, dat lüttje ole vergrepen »Schneider«-Wiehachtslederheftchen mit de lütten Engels op mittobringen, dormit se dat koperen kunn.
Do bröch de Fro ut dat annere Dörp ehre Wiehnachtsledertexten noch mol weller mit. All de Heftchen bröch se mit – un in ehre Ogen weer een Lüchten, so 'n sünnerbor Lüchten.
Dat Snieder-Heft wull de Fro koperen – keen anner. Do sä de Fro, de so vele Instrumenten spelen kunn: »Kriegen kannst du dat. Man dor hebb ik wat rinschreben, un dat mutt dor binnen blieben, un de Notizen kannst du nich mit koperen!«
Do wull de Fro, de jümmer wat to kriegen harr, nix mehr weten von Wiehnachtslederheften. Gor nix. Punkt.

Man de Fro harr uk noch enen Keerl. Un as de Keerl sehg, dat de Fro so fürchterlich trurig un mit de Nerven to Foot weer, do sä he to ehr: »Fro, worüm büst du so trurig?«
Do sä de Fro, dat se so geern dat ole Sniederheftchen koperen müch, ober de Fro ut dat annere Dörp so wunnerliche Bookstoben över de Noten krickelt harr, dat 'n dat Book nich nehmen kunn.
De Mann keek hooch op. »Dat Snieder-Heftchen bruukst du? Jo, worüm seggst du mi denn nix? Ik hebb dor twee Stück von to Huus.« He bestell ehr noch 'n Rumgrog. Un do weer allens weller goot. Un de Fro weer weller froh un glücklich.
Den neegsten Dag söch de Fro heemlich in den Arbeitsruum von ehren Keerl dat »Schneider«-Heftchen mit de Wiehnachtsleder. De Mann harr vele Böker, ganz vele! Un dorüm fünn se dat Wiehnachtslederheftchen nich.
Do sä se to ehren Keerl: »Dink dor an, bit Wiehnachten is nich mehr lang hin, un du wullst mi doch von de twee Snieder-Heften een geben to 'n Koperen.«
Do füng de Mann dat Söken an. He söch den ganzen Arbeitsruum mit all sien Böker un dusend Heften af, un he söch uk de ganze School af. Man dat Snieder-Heftchen harr sik versteken! Weg weer 't! Much de Dübel weten, woneem sik dat versteken harr!
Do rappel de Fro sik to 'n allerletzten Mol op, nöhm dat lüttje Heft von de Kreisspoorkass un

geev dat ehren Mann, de dat mit in de School nehmen un dor den Huusmester mol wiesen schull. Veel verspreken dä se sik dor nich von, de Druck weer doch so lütt un so swack.
Man de Huusmester von de School von den Keerl von de Fro, de jümmer wat to kriegen harr, weer 'n ganzen Plietschen, weer dat! Un he kunn wunnerbor mit den groten Kopeerapparoot in de School trechtkomen. He vergrötter toeerst de Sieden un denn kopeer he de. Un dat weer al merrn in 'n November.
As de Mann de wunnerbore Muster-Kopie mit grote, düütliche Schrift mit no Huus bröch, do glööv de Fro weller an Wunner.
Se gruvel een Nacht, woans een de Sieden to 'n Koperen tosomenstellen müss, kleev de Kopien no de Reeg op DIN-A 4-Blöder un bröch jem mit ehr Fohrrad no de Gemeen.
De Fro von de Gemeen weer nett. Se möök glieks een poor Kopien, dormit de Fro sehn kunn, woans ehr Wiehnachtslederheft denn woll warrn schull. »Wunnerbor«, sä de Fro, »un nu bruukt wi hunnertföfftig Stück dorvon – för de Olenwiehnachtsfier un för den Gesangvereen. Op Kösten von de Gemeen ...«
As de Fro bi de Gemeen-Verwaltung jüst weller op ehr Fohrrad stiegen wull, lööp ehr de Börgermester in de Mööt, de jüst no de Gemeen hin wull.
Do sä de Fro: »Lever Börgermester, ik segg di dat glieks: Ik hebb jüst eben de fründliche Fro dor binnen in de Gemeen 'n ganzen Barg Arbeit hin-

bröcht. Dat du mi nix dorgegen seggen deist! De Gemeendirektor hett uns Verlööf geben!»Un do kööm uk al de Gemeendirektor mit grote Schreed anlopen, güng ielig op de Gemeen to – un möök 'n groten Bogen üm de Wiehnachtslederheftchenfro.
Ober de nette Fro von de Gemeen möök de ganzen Kopien. Veer Blöder, von beide Sieden, je hunnertföfftig Stück.
As de Week toenn güng un de ganzen Kopien trecht weern, rööp de Fro von de Gemeen bi de Fro an, de sik de ganze Wiehnachtslederheftchenakschoon utdacht harr un wull ehr vertellen, dat de Kopien trecht weern un afhoolt warrn kunnen.
Man de Fro weer jüst nich to Huus, un so kunn ehr de fründliche Fro von de Gemeen uk nich mitdelen, dat de Kopien trecht weern un afhoolt warrn kunnen.
To Anfang von de neegste Week rööp de fründliche Fro von de Gemeen weller bi de Wiehnachtslederheftchenfro an, man de weer weller nich in 'n Huus, wiel doch in veer Weken Wiehnachten wöör un wiel to de Tiet keen Minsch to Huus blieben un de Tiet eenfach so mit nix dootslogen kunn.
Do rööp de nette Fro von de Gemeen bi de Öllern von de Fro an un sä, de Kopien von de Wiehnachtsleder wöörn trecht.
De Öllern von de Fro hebbt sik freut un sik al mol bedankt för den Anroop – un denn hebbt se den Anroop weller vergeten.
Middewiel dach de Fro so bi sik, egentlich kunnen

de Kopien uk bilütten trecht ween. Worüm röppt de Fro von de Gemeen nich an? Un so rööp se sübbst bi de Gemeen an un wull weten, wat de Kopien woll trecht weern?
De Kopien weern trecht!!! Dat harr de fründliche Fro von de Gemeen doch al lang bestellt! De müssen blot noch sorteert un tosomenklammert warrn!
Dat weer di een grote Freud för de Fro, de jümmer wat to kriegen harr!
Un dat weer al de 23. November.
Buten weer al de eerste Snee fullen. De Fro, de een Fohrrad alltiets to Verfügung harr, harr dat böös op Sicht, wat se so veel Blatt Papier (dat müssen so bi sösshunnert Blatt ween) bi Snee un Küll mit 'n Fohrrad transporteren kunn. Un so nöhm se gau eben den Mercedes von ehren Vadder, föhr no de Gemeen un nöhm sösshunnert lose Blööd in Empfang. Uk enen Slaghefter un Klammern dorto kreeg se mit, un se dröög allens glücklich un froh un tofreden no Huus.
Tiet harr se nich, denn de Mann harr Geburtsdag un to de Tiet harr de Fro jümmer annerswat to doon as Wiehnachtslederheftchen to sorteren, to klammern un to pressen. As se endlich Tiet harr, weer al de 1. Advent.
Se pack de Blöder tohoop, klammer jem von twee Sieden tosomen, so dat se uk as een »Heftchen« utsehgen un weer weller so 'n beten trurig, dat vele Kopien een beten scheef worrn weern. Dat weer nu nich mehr to ännern. Mol müss de Larm doch

’n Enn kriegen. Un so slimm weer dat woll uk nich.
De Fro sorteer un klammer, bit all de Wiehnachtslederheftchen trecht weern. Un so verschenk se ehre Tiet an de olen Minschen, de Johr för Johr no de Olenwiehnachtsfier komen dään, un an ehre leven Fründinnen un Frünnen von ’n Gesangvereen, de mitünner – also würklich blot mitünner – de Texten von Wiehnachtsleder nich butenkopps singen köönt.
Denn bröch de Fro mit ehr Fohrrad, dat ehr jümmerto to Verfügung stünn, den Slaghefter un de Klammern, de överbleben weern, weller hin no de Gemeen, un dat weer de 1. Dezember. Un de Fro weer doch noch froh över de ne’en, wenn uk man blot kopeerten Wiehnachtslederheftchen.
Do leev eenmol een Fro, de harr jümmerto wat to kriegen. Un wenn se noch nich dootbleben is, denn leevt se woll noch hüüt.

Licht in de Düüsternis

Sinnig geiht dat Johr to Enn.
Düüster is männicheen Dag.

Wat wullt moken?
Dien Klock geiht un geiht
un geiht un geiht.

Du bruukst Licht!
Man dat Düüster
will un will
nich ophören.

Mook di doch een Licht an!
Oder uk twee!
Ganz as du wullt!

Licht in de Düüsternis
kann so wunnerbor ween.